U.G.E. 10|18
12, avenue d'Italie – Paris XIIIe

Du même auteur
dans la collection 10/18

CES CORPS VILS, n° 1538
DIABLERIE, n° 1508
GRANDEUR ET DÉCADENCE, n° 1537
UNE POIGNÉE DE CENDRE, n° 1501
RETOUR À BRIDESHEAD, n° 1398
SCOOP, n° 1589

LE CHER DISPARU

PAR

EVELYN WAUGH

Traduit de l'anglais
par Dominique AURY

10|18

« Domaine étranger »
dirigé par Jean-Claude Zylberstein

LAFFONT

Titre original :
THE LOVED ONE

*Ce livre est paru aux éditions Robert Laffont
dans la collection « Pavillons » dirigée
par Armand Pierhal*

ISBN 2-264-01996-4

I

Toute la journée, la chaleur avait été insupportable, mais le soir un souffle de brise s'éleva de l'ouest, au cœur du soleil couchant et de l'océan invisible et silencieux derrière les broussailles et les premiers contreforts des montagnes. Le vent fit frémir les franges rouillées des palmiers, et grossit les murmures métalliques de l'été, le crissement des cigales, les coassements des grenouilles, et l'éternel battement de la musique dans les baraquements indigènes du voisinage.

Dans cette indulgente lumière, la peinture sale et écaillée du bungalow, le carré de mauvaises herbes entre la véranda et le bassin vide perdaient un peu de leur décrépitude, et les deux Anglais, chacun dans son fauteuil à bascule, avec chacun son whisky à l'eau de Seltz et son illustré périmé, images fidèles d'innombrables compatriotes exilés aux pays barbares, communiaient dans une illusoire et brève résurrection.

— Ambrose Abercrombie ne va pas tarder à arriver, dit le plus âgé. Je ne sais pas ce qu'il veut. Il a fait dire qu'il viendrait. Trouvez-lui donc un verre, Dennis, voulez-vous ?

Puis il ajouta avec une soudaine brusquerie :

— Kierkegaard, Kafka, Connolly, Compton Burnet, Sartre, Wilson « l'Ecossais ». Qu'est-ce que c'est que ces gens-là ? Qu'est-ce qu'ils cherchent ?

— Il y en a dont j'ai entendu parler. On les discutait à Londres quand je suis parti.

— On parlait de Wilson ?

— Non, je ne crois pas. Pas de lui.

— C'est ça, Wilson. Les dessins qui sont là. Vous y comprenez quelque chose ?

— Non.

— Moi non plus.

L'éphémère animation de sir Francis Hinsley retomba. Il lâcha son exemplaire de *Horizon* et tourna les yeux vers l'endroit où l'ombre s'épaississait et qui jadis avait été une piscine. Il avait un visage sensible, intelligent et faible, quelque peu brouillé par une vie de mollesse et par de longues années d'ennui.

— Un moment donné, c'était Hopkins, dit-il,

Joyce et Freud, et Gertrude Stein. A eux non plus je ne comprenais rien. Les nouveautés n'ont jamais été mon fort. L'influence de Zola sur Arnold Bennett, l'influence de Henley sur Flecker, c'est le plus loin que j'aie été dans le moderne. Mon meilleur sujet c'était : « Les ecclésiastiques anglais chez les prosateurs anglais », ou « Les charges de cavalerie chez les poètes », des choses comme ça. Un moment donné ç'avait l'air de plaire aux gens. Puis ça ne les a plus intéressés. Moi non plus. Faire de la copie m'a toujours fatigué très vite. J'avais besoin de changement. Je n'ai jamais regretté d'être venu ici. Le climat me convient. Les gens sont très convenables, très généreux, et surtout ils ne vous demandent jamais de les écouter. Souvenez-vous de ça, mon petit. C'est tout le secret de l'aisance mondaine dans le pays où nous sommes. Ils parlent uniquement pour le plaisir de parler. Rien de ce qu'ils disent n'est fait pour être entendu.

— Voilà Ambrose Abercrombie, dit le jeune homme.

— Bonsoir, Frank, bonsoir, Barlow, dit sir Ambrose Abercrombie en arrivant en haut des marches. Encore une fournaise aujourd'hui, hein ? Vous permettez que je prenne un verre ? Merci, dit-il au jeune homme qui lui versait du whisky. De l'eau, plein, s'il vous plaît.

Sir Ambrose portait un costume de flanelle gris foncé, une cravate d'un club d'Eton, et sur son canotier un ruban Zingari. C'était toujours comme cela qu'il s'habillait quand il faisait beau ; chaque fois que le temps le permettait, il portait une casquette de rabatteur écossais et une cape de tartan. Il était encore, comme disait avec satisfaction lady Abercrombie, du bon côté de la soixantaine, mais après s'être efforcé, pendant des années, et non sans peine, d'avoir l'air jeune, il convoitait maintenant les honneurs de la vieillesse. Il aurait voulu — mais son vœu était vain — qu'on dise enfin de lui : « Quel vieux chic type ! »

— Il y a longtemps que je voulais venir vous voir. Ce qu'il y a d'embêtant dans un endroit comme ici, c'est qu'on est tellement pris qu'on reste dans son coin et qu'on perd le contact. C'est très mauvais de perdre le contact. Nous autres, Anglais, il faut nous tenir les coudes. Il ne faut pas vous cacher comme ça, Frank, espèce de vieil ermite.

— Je me rappelle une époque où vous n'habitiez pas si loin.

— Pas possible ? Ma foi, je crois que vous avez raison. Ça ne nous rajeunit pas ! C'était avant que nous allions à Beverley Hills. Vous savez naturellement que maintenant nous sommes à Bel-Air. Mais, à dire vrai, je commence à avoir la bougeotte. J'ai un bout de terrain aux Pacific Palisades, mais j'attends que le prix de la construction baisse. Où donc est-ce que j'habitais ? Juste de l'autre côté de la rue, n'est-ce pas ?

Juste de l'autre côté de la rue, il y avait vingt ans ou plus, quand le quartier démodé était le quartier chic ; sir Francis, aux approches de l'âge mûr, était alors le seul aristocrate anglais à Hollywood, doyen de la société anglaise, scénariste en chef des Films Megalopolitan et président du Cricket-Club. Le jeune ou toujours jeune Ambrose Abercrombie bondissait alors au milieu des décors dans sa fameuse et épuisante série de rôles historiques, acrobatiques et héroïques, et venait presque tous les soirs se rafraîchir chez sir Francis. Maintenant, Hollywood abondait en Anglais titrés, dont plusieurs l'étaient authentiquement, et l'on avait entendu sir Ambrose parler avec mépris de sir Francis, « anobli par Lloyd George ». Le vieil homme et l'homme vieillissant avaient été séparés par les bottes de sept lieues de l'insuccès. Sir Francis en était réduit au service publicitaire et n'était plus maintenant qu'un numéro parmi la douzaine de vice-présidents du Cricket-Club. Sa piscine, où jadis avaient étincelé comme dans un aquarium les membres éclatants de beautés depuis longtemps disparues, était maintenant à sec, toute fissurée et envahie de mauvaises herbes.

Il subsistait cependant entre les deux hommes un lien chevaleresque.

— Comment ça marche au Mégalo ? demanda sir Ambrose.

— Tout sens dessus dessous. Juanita del Pablo nous fait des embêtements.

— La Juanita languide, luxurieuse et lascive ?

— Ce ne sont pas les bons adjectifs. Elle est, ou plutôt elle était, sadique, sombre et somptueuse. Je devrais le savoir, puisque c'est moi qui ai trouvé le slogan. Ça cassait tout, comme on dit, et en publicité c'était quelque chose de neuf.

» Miss del Pablo a été, dès le début, tout spécialement ma protégée. Je me souviens du jour de son arrivée. C'est pour ses yeux que le pauvre Léo l'avait achetée. Dans ce temps-là, on l'appelait Baby Aaronson. Elle avait des yeux magnifiques et une toison de splendides cheveux noirs. Du coup, Léo en a fait une Espagnole. Il lui a fait retailler le nez et l'a expédiée six semaines à Mexico pour qu'elle apprenne à chanter flamenco. Puis il me l'a passée. C'est moi qui lui ai trouvé son nom. C'est moi qui en ai fait une réfugiée antifasciste. C'est moi qui ai dit qu'elle détestait les hommes parce qu'elle avait été brutalisée par les Maures de Franco. A ce moment-là, c'était nouveau. Ça a pris. Et dans son genre elle n'était pas mal du tout, je vous assure : elle faisait naturellement la moue d'une façon vraiment effrayante. Elle n'a jamais eu de jambes photogéniques, mais on lui faisait porter des robes longues et, pour les scènes de violence, on prenait une doublure pour le bas du corps. J'étais très fier d'elle et elle aurait pu donner encore dix ans de travail au moins.

» Et voilà que là-haut il y a un changement de politique. Cette année on ne fait que des films moraux pour complaire à la Ligue Catholique de Décence. Alors il faut que la pauvre Juanita reprenne tout du commencement. Cette fois, elle est irlandaise. On lui a décoloré les cheveux et on l'a teinte en rouge. Je leur ai dit que les Irlandaises avaient les cheveux noirs, mais les gens du Technicolor y tenaient. On la fait travailler dix heures par jour à apprendre le patois et, pour que ce soit encore plus dur, on lui a enlevé toutes les dents, à la pauvre petite. Avant, elle n'avait jamais besoin de sourire et pour faire la grimace ses dents à elle suffisaient bien. Mais maintenant il faut qu'elle rie tout le temps, un beau rire aguichant, ça veut dire un râtelier.

» Voilà trois jours que j'essaie de lui trouver un nom qui lui plaise. Elle refuse tout. Maureen : il y en a déjà deux ; Deirdre : personne ne peut le prononcer ; Oonagh : ça a l'air chinois ; Brigitte : c'est trop ordinaire. Au fond, elle est d'une humeur massacrante.

Sir Ambrose, suivant la coutume du pays, s'était abstenu d'écouter.

— Ah oui, dit-il, des films moraux. Entièrement d'accord. Je l'ai dit au Cercle de la Bonne Fourchette : « Dans ma vie au cinéma j'ai toujours observé deux principes : ne jamais faire devant la camera ce qu'on ne ferait pas chez soi, et ne jamais faire chez soi ce qu'on ne ferait pas devant la camera. »

Il développa le thème pendant que sir Francis s'absorbait à son tour dans ses pensées. Les deux aristocrates demeurèrent près d'une heure à se balancer dans leurs rocking-chairs, éloquents et silencieux tour à tour, le monocle à l'œil, le regard perdu dans la pénombre, tandis que le jeune homme, de temps à autre, remplissait les verres.

L'heure était propice aux réminiscences, et dans ses périodes de silence sir Francis retrouvait, un quart de siècle en arrière, les rues brumeuses de Londres pour toujours délivrées de la peur des Zeppelins ; Harold Monro qui faisait une lecture au Poetry Bookclub ; le dernier Blunden dans le *London Mercury* ; les déjeuners avec Maud à Grosvenor Square, les thés avec Gosse à Hanover Terrace ; onze chanteurs de charme un peu braques d'un bistrot de Fleet Street qui partaient jouer au cricket en Metroland, et le gamin avec les épreuves qui le tirait par la manche ; d'innombrables toasts à d'innombrables banquets pour d'innombrables immortels...

Sir Ambrose avait un passé plus aventureux, mais il vivait en existentialiste. Il ne réfléchissait sur lui-même que tel qu'il était dans l'instant, examinait avec tendresse toutes ses perfections et se félicitait.

— Bon, dit-il enfin, il faudrait que je file. Il ne faut pas faire attendre la patronne.

Mais au lieu de bouger, il se retourna vers le jeune homme.

— Et où en êtes-vous, Barlow ? Il y a longtemps qu'on ne vous a pas vu au cricket. Très pris au Megalo, je suppose ?

— Non. A dire vrai, mon contrat est fini depuis trois semaines.

— Non, pas possible ? Eh bien, j'imagine que vous êtes content de souffler un peu. Je le serais, à votre place.

Le jeune homme ne répondit pas.

— Si vous voulez me permettre de vous donner un conseil, restez tranquille un moment, jusqu'à ce que vous trouviez quelque chose d'intéressant. Ne sautez pas sur la première occasion. Les types d'ici respectent l'homme qui a conscience de sa valeur. C'est très important de garder le respect des types.

» Vous savez, Barlow, nous autres Angliches, nous avons ici une situation très particulière qu'il faut maintenir. Ils se moquent un peu de nous, de notre façon de parler et de nous habiller, de nos monocles ; ils trouvent peut-être un peu que nous faisons bande à part et que nous sommes fiérots, mais, nom de Dieu, ils nous respectent. Ils savent ce que c'est que la qualité. Ils savent ce qu'ils prennent, et ici on ne rencontre que ce qu'il y a de mieux comme Anglais. J'ai souvent l'impression d'être ambassadeur, Barlow. Je vous assure que c'est une responsabilité, et à des degrés divers tous les Anglais qui sont ici la partagent. Tout le monde ne peut pas être au haut du cocotier, mais tout le monde a une responsabilité, jamais on ne trouve d'Anglais chez les ratés... excepté en Angleterre, naturellement ! C'est la règle ici, grâce à l'exemple que nous avons donné. C'est bien simple, il y a des boulots qu'un Anglais n'accepte pas.

» On a eu un cas très malheureux, il y a quelques années. Un jeune type très convenable qui était venu ici faire du décor. Très intelligent, mais il s'était complètement américanisé : il portait des chaussures de série, une ceinture au lieu de bretelles, il se baladait sans cravate et dînait dans les *drug-stores.* Et puis, vous me croirez si vous voulez, il a quitté les studios pour ouvrir un restaurant avec un associé italien. Il s'est fait rouler, naturellement, et après on l'a retrouvé qui faisait les cocktails derrière un bar. Une histoire horrible. On a fait une souscription au Cricket-Club pour le rapatrier, mais l'animal n'a rien voulu savoir, déclarant qu'il aimait le pays. Je vous demande un peu. C'est quelqu'un, Barlow, qui a fait un mal irréparable. C'était un déserteur, ni plus ni moins. Heureusement la guerre est arrivée. Là il est bel et bien rentré pour aller se faire tuer en Norvège. Il a réparé, mais je me dis toujours qu'il vaut tellement mieux n'avoir rien à réparer, hein ?

» Vous, Barlow, dans votre partie, vous avez une réputation. Sans ça, vous ne seriez pas ici. Je ne dis pas que les poètes soient tellement demandés, mais il est sûr qu'un jour ou l'autre il leur en faudra un et, à ce moment-là, ils viendront vous trouver chapeau bas... Si dans l'intervalle vous n'avez rien fait pour leur faire perdre le respect qu'ils ont pour vous. Vous voyez ce que je veux dire ?

» Bon, voilà que je joue les pères nobles pendant que la patronne attend le dîner. Il faut que je file. Salut, Frank. Ça m'a fait plaisir de bavarder. On voudrait vous voir plus souvent au Cricket-Club. Au revoir, jeune homme, n'oubliez pas ce que je viens de vous dire. J'ai peut-être l'air d'un vieux ballot, mais je sais de quoi je parle. Ne bougez pas, vous deux. Je saurai bien trouver le chemin.

⁂

Il faisait tout à fait nuit. Les phares de la voiture qui avait attendu sir Ambrose répandirent soudain un éclatant éventail de lumière de l'autre côté des palmiers, puis balayèrent la façade du bungalow pour disparaître vers Hollywood Boulevard.

— Qu'est-ce que ça veut dire ? dit Dennis Barlow.

— Il a appris quelque chose. C'est pour ça qu'il est venu.

— C'était forcé que ça se sache.

— Bien sûr. Si on estime qu'être mis au ban de la Société britannique, c'est le martyre, vous pouvez vous préparer la palme et l'auréole. Vous n'êtes pas allé à votre travail aujourd'hui ?

— Je suis de l'équipe de nuit. J'ai même trouvé le moyen d'écrire trente vers. Ça vous amuserait de les voir ?

— Non, répondit sir Francis. L'une des innombrables compensations à mon exil, c'est que je ne suis plus jamais obligé de lire de poèmes en manuscrit... en manuscrit ni d'ailleurs autrement. Emportez-les, mon petit. Allez les raturer et les fourbir à loisir. A moi, ils ne feraient que de la peine. Je n'y comprendrais rien et je mettrais en doute la valeur d'un sacrifice auquel maintenant j'applaudis. Vous êtes jeune, vous avez du génie, vous êtes l'espoir de la poésie anglaise. Je l'ai entendu dire et je le crois religieusement. J'ai suffisamment servi la cause de l'art en me faisant le complice de votre évasion. L'esclavage auquel vous échappez, il y a longtemps que je suis, pour ma part, heureux d'y être soumis.

» Est-ce qu'on vous a jamais emmené, quand vous étiez petit, voir une féerie qui s'appelait *A l'autre bout de l'arc-en-ciel*, une pièce tout à fait idiote ? Saint Georges et un officier de marine partaient sur un tapis volant sauver des enfants perdus dans le royaume d'un dragon. Cela m'a toujours paru une intervention révoltante. Les enfants étaient parfaitement heureux. Ils payaient tribut, je m'en souviens, avec les lettres de chez eux qu'ils n'ouvraient pas. Vos poèmes, voilà mon tribut — comme Kierkegaard, Kafka et Wilson « l'Ecossais ». Je paie sans protestation et sans rancune. Encore un verre, mon petit. Je vous sers de *mèmento mori*. Je suis la proie du roi des dragons. Hollywood est ma vie.

» Est-ce que vous avez vu, il y a quelque temps, dans un des illustrés, la photo d'une tête de chien coupée que les Russes, dans je ne sais quel répugnant dessein moscovite, continuent à faire vivre en y pompant du sang d'un biberon ? Elle salive quand elle sent un chat. C'est un peu ce que nous sommes tous ici, voyez-vous. Les studios nous maintiennent à la pompe. Nous sommes encore tout juste capables de quelques réactions élémentaires, sans plus ! Si jamais on nous coupait de notre biberon, vous nous verriez nous écrouler. J'aime à me dire que c'est de m'avoir eu jour après jour sous les yeux pendant plus d'un an qui vous a inspiré l'héroïque résolution de trouver un travail indépendant. J'ai été pour vous l'exemple, et peut-être de temps en temps le précepte. Je peux même vous avoir conseillé en propres termes de quitter les studios quand vous pouviez encore le faire.

— Vous me l'avez dit mille fois.

— Tout de même pas tant que ça ? Une ou deux fois quand j'étais ivre. Pas mille fois. Et je vous donnais le conseil, je crois, de retourner en Europe. Je n'ai jamais rien suggéré d'aussi brutal et macabre, d'aussi élisabéthain que le travail que vous avez choisi. Dites-moi, est-ce que vous donnez satisfaction à votre nouveau patron ?

— J'ai des façons sympathiques. Il me l'a dit hier. Celui qui y était avant moi avait déplu par sa cordialité. On trouve que j'ai l'air respectueux. C'est la combinaison de la mélancolie avec l'accent anglais. Plusieurs de nos clients ont fait des réflexions favorables.

— Mais nos coexilés ? Il ne faut pas s'attendre à leur sympathie. Qu'est-ce que nous a dit notre dernier visiteur ? « Il y a des boulots qu'un Anglais n'accepte pas. » Le vôtre, mon petit, est essentiellement de ceux-là.

***

Après dîner Dennis Barlow partit travailler. Il se dirigea en voiture vers Burbank, passa devant les enseignes lumineuses des hôtels, devant les portes d'or et les temples illuminés du parc des Célestes Pourpris et atteignit, presque au bout de la ville, le lieu de son travail. Sa collègue, miss Myra Poski, attendait la relève, chapeau en tête et fraîchement maquillée.

— J'espère que je ne suis pas en retard.

— Vous êtes un chou. J'ai rendez-vous au Planetarium ; sans ça je serais restée pour vous préparer du café. Il n'y a rien eu à faire de toute la journée sinon d'envoyer les cartes-souvenirs. Ah ! et Mr. Schultz a dit que si on recevait quelque chose, il fallait le mettre tout de suite à la glacière parce qu'il fait trop chaud. Bonsoir.

Sur quoi elle partit et laissa Dennis seul maître de l'affaire.

L'ameublement du bureau était un peu funèbre, mais de bon goût, et égayé par une paire de petits chiens de bronze qui se faisaient pendant sur la cheminée. Seule une civière basse, sur roues, en tubes d'acier et émail blanc, différenciait l'endroit de cent mille autres bureaux d'Amérique : la civière et l'odeur de clinique. Dans un vase près du téléphone, il y avait des roses. Leur parfum luttait contre l'odeur de savon noir, mais sans succès.

Dennis s'assit dans l'un des fauteuils, mit les pieds sur la civière, et s'installa pour lire. La vie dans l'aviation avait fait du simple amateur qu'il était un intoxiqué. Il existait certains passages de poèmes qui, du fait d'un grand nombre d'associations de pensée, ne manquaient jamais de lui donner les sensations qu'il cherchait ; jamais il ne faisait de nouvelles expériences : ces passages-là étaient le stupéfiant contrôlé, le spécifique infaillible, la magie par excellence. Il ouvrit son anthologie comme une femme son paquet de cigarettes favorites.

De l'autre côté des fenêtres, les voitures passaient sans arrêt, entraient en ville, sortaient, tous feux allumés, et les radios grandes ouvertes.

Il se mit à lire : « *Lentement entre tes bras je meurs... Aux bords paisibles du monde* », et se répéta : « Aux bords paisibles du monde. Aux bords paisibles du monde... », comme un moine répète sans fin dans ses prières un texte chargé de sens.

Bientôt le téléphone sonna.

— Ici les Bienheureux Halliers, dit-il.

Il perçut la voix d'une femme qu'apparemment l'émotion enrouait. En d'autres circonstances il l'aurait crue ivre.

— Ici Théodora Heinkell, Mrs. Walter Heinkel, 207 via Dolorosa, Bel-Air. Il faut que vous veniez tout de suite. Je ne peux pas vous dire au téléphone. C'est mon petit Arthur. On vient juste de le rapporter. D'abord il est parti et on ne l'a pas vu revenir. Je ne m'inquiétais pas parce que ça lui est déjà arrivé. J'ai bien dit à Mr. Heinkel : « Mais Walter, je ne peux pas aller dîner en ville sans savoir où est Arthur. » Mais Mr. Heinkel a dit : « Tu ne vas pas laisser tomber Mrs. Leicester Scrunch à la dernière minute. » Alors j'y suis allée et j'étais à table à droite de Mr. Leicester Scrunch quand on m'a appris la nouvelle... Allô, allô, vous êtes là ?

Dennis reprit l'écouteur qu'il avait posé sur le buvard.

— J'arrive tout de suite, Mrs. Heinkel, 207 via Dolorosa, m'avez-vous dit.

— Je vous ai dit que j'étais à la droite de Mr. Leicester Scrunch quand on m'a appris la nouvelle. Il a été obligé avec Mr. Heinkel de me soutenir jusqu'à la voiture.

— Je viens tout de suite.

— Je ne me le pardonnerai jamais de ma vie. Pensez, il a été ramené tout seul à la maison. La bonne était sortie et le chauffeur de la fourrière a été obligé de téléphoner du *drug-store.* Allô, allô, vous êtes là ? Je dis que le chauffeur de la fourrière a été obligé de téléphoner du *drug-store.*

— Je pars à l'instant, Mrs. Heinkel.

Dennis ferma le bureau à clé et sortit la voiture du garage en marche arrière. Pas sa propre voiture, mais la camionnette noire qui servait aux affaires de l'entreprise. Une demi-heure plus tard il était à la maison mortuaire. Un homme assez corpulent vint au-devant de lui dans l'allée du jardin. Il était en très élégante tenue de soirée à la mode de là-bas : tweed écossais, sandales, chemise de soie vert épinard à col ouvert, brodée d'initiales qui couvraient la moitié de la poitrine.

— Tous mes hommages, dit-il.

— Tous mes vœux, Mr. Walter Heinkel, répondit involontairement Dennis.

— Comment ?

— C'est moi les Bienheureux Halliers, reprit Dennis.

— Ah oui, entrez par ici.

Dennis ouvrit l'arrière de la camionnette et en sortit un coffre d'aluminium.

— Est-ce que c'est assez grand ?

— Largement.

Ils pénétrèrent dans la maison. Une dame, elle aussi en tenue de soirée : robe longue décolletée et diadème de diamants, était assise dans le hall un verre à la main.

— C'est une secousse affreuse pour Mrs. Heinkel.

— Je ne veux pas le voir, je ne veux pas en parler, gémit la dame.

— Les Bienheureux Halliers se chargent de tout, dit Dennis.

— Par ici, dit Mr. Heinkel, dans l'office.

Le terrier écossais gisait sur l'égouttoir, près de l'évier. Dennis le déposa dans le coffre.

— Vous me donneriez peut-être un coup de main ?

Mr. Heinkel et lui portèrent ensemble leur fardeau jusqu'à la camionnette.

— Est-ce que nous réglons les choses tout

de suite ou préférez-vous passer demain matin ?

— Je suis pas mal occupé le matin, répondit Mr. Heinkel. Venez dans mon bureau.

Sur la table il y avait un plateau. Ils se servirent de whisky.

— Voici notre brochure avec le détail de ce que nous faisons. Vous songez à l'enterrement ou à l'incinération ?

— Comment ?

— La terre ou le feu ?

— Le feu, il me semble.

— Voici quelques photos de différents modèles d'urnes.

— Ce qu'il y a de mieux fera l'affaire.

— Vous faudra-t-il une niche dans notre columbarium ou préférez-vous conserver les restes chez vous ?

— Ce que vous avez dit en premier.

— Et le service religieux ? Nous avons un pasteur qui se fait toujours un plaisir d'apporter son concours.

— Eh bien, Mr...

— Barlow.

— Mr. Barlow, nous ne sommes pas ce que vous appelleriez très pratiquants, mais je crois que, dans une circonstance pareille, Mrs. Heinkel aimerait avoir toutes les consolations que vous pourrez lui procurer.

— Notre service de première classe comporte des cérémonies absolument uniques. Au moment de la remise aux flammes on lâche au-dessus du crématoire une colombe qui symbolise l'âme du défunt.

— Eh bien, dit Mr. Heinkel, je crois que la colombe ferait plaisir à Mrs. Heinkel.

— Et à tous les anniversaires on vous enverra sans frais supplémentaires une carte-souvenir ainsi conçue : *Votre petit Arthur pense à vous aujourd'hui au ciel en remuant la queue.*

— Ah, c'est une bien belle pensée, Mr. Barlow.

— Alors si vous voulez bien signer le bon de commande...

Mrs. Heinkel s'inclina vers Barlow quand il traversa le hall. Mr. Heinkel l'accompagna jusqu'à la portière de sa voiture.

— J'ai été très heureux de faire votre connaissance, Mr. Barlow. Vous m'avez soulagé d'un grand poids et d'une grande responsabilité.

— Les Bienheureux Halliers sont là pour ça, répondit Barlow qui démarra et s'en fut.

Arrivé aux bâtiments administratifs, il transporta le chien dans la glacière. C'était une vaste chambre qu'occupaient déjà deux ou trois autres petits cadavres.

Près d'un chat siamois il y avait une boîte de jus de fruit et une assiette de sandwiches. Dennis emporta de quoi souper dans le bureau, et tout en mangeant reprit sa lecture interrompue.

métamorphose. Comme il lui avait légèrement, dix ans plus tôt, fait voir le jour, à la porteuse de dynamite, à la Ménade du bord de mer de Bilbao ! Mais il eut l'impression de soulever une masse de plomb quand il lui fallut se plonger dans la mythologie celtique pour écrire la nouvelle histoire de sa vie : la romance des Montagnes de Mourne, la légende de la petite fille aux pieds nus dont les paysans disaient qu'elle avait été changée en nourrice par les fées, de la confidente des farfadets, du garçon manqué qui chassait le bourricot de la chaumière et jouait à dérouter les touristes anglais dans les rochers et les chutes d'eau. Il en fit la lecture à Dennis et se rendit compte que ça ne valait rien.

Il en fit la lecture en conférence, devant l'artiste, maintenant sans nom, devant son agent et son avoué ; il y avait aussi les directeurs des Services Juridiques, de la Publicité, des Personnalités, et des Relations Internationales du Megalopolitan. De toute sa carrière à Hollywood, jamais sir Francis n'avait pris part à une réunion qui groupât d'aussi nombreuses lumières du grand sanhédrin de la Corporation. Ils refusèrent son histoire sans discussion.

— Prenez une semaine pour travailler chez vous, Frank, dit le directeur des Personnalités. Essayez de trouver un nouveau point de vue.

Ou peut-être que ce boulot ne vous excite pas ?

— Mais si, soupira sir Francis, mais bien sûr que si. Cette réunion m'a été très utile. Je vois maintenant ce qu'il vous faut. Je n'aurai sûrement plus de difficultés.

— On sera toujours ravi de voir ce que vous nous dénicherez, répondit le directeur des Relations Internationales. Mais quand la porte fut refermée derrière sir Francis, les Grands Hommes se regardèrent en hochant la tête.

— Encore un de fini, dit le directeur des Personnalités.

— Il y a un cousin de ma femme qui vient d'arriver, reprit le directeur de la Publicité. Je ferais peut-être bien de l'essayer.

— C'est ça, Sam, répondirent-ils en chœur, faites voir ça par votre cousin.

Après quoi sir Francis resta chez lui et, pendant plusieurs jours, sa secrétaire vint prendre son texte en sténo. Il repartit du début avec un nouveau nom pour Juanita et une nouvelle histoire de sa vie : Kathleen Fitz Bourke, bien-aimée de la jeunesse dorée de Galway ; la lumière qui s'éteint sur les rives et les murailles de ce pays de précipices, et Kathleen Fitz Bourke toute seule avec ses chiens, si loin des tours éboulées de Fitz Bourke Castle...

Puis vint un jour où il ne vit pas arriver sa secrétaire. Il téléphona au studio. On passa l'appel d'un bureau à l'autre des services administratifs, et il entendit enfin une voix lui répondre :

— Mais oui, sir Francis, c'est tout à fait en règle. Miss Mavrocordato a été transférée au service de la Buvette.

— Mais il me faut quelqu'un.

— Je ne crois pas que nous ayons quelqu'un de disponible en ce moment, sir Francis.

— Je comprends. Eh bien, ce n'est pas commode du tout, mais il va falloir que je descende finir aux studios le travail que j'ai en train. Voulez-vous m'envoyer une voiture ?

— Je vais vous passer Mr. Van Gluck.

L'appel recommença à courir de bureau en bureau, puis tout d'un coup une voix dit :

— Ici l'officier des Transports, je suis désolé, sir Francis, mais nous n'avons aucune voiture aux studios en ce moment.

Sentant déjà peser sur ses épaules le manteau du roi Lear, sir Francis prit un taxi pour les studios. Il fit bonjour d'un signe de tête à la jeune fille de l'entrée avec un peu moins d'urbanité que de coutume.

— Bonjour, sir Francis, dit-elle. Est-ce que je peux vous être utile à quelque chose ?

— Non, je vous remercie.

— Vous ne cherchez personne en particulier ?

— Non, personne.

— Vous montez ? lui demanda la jeune fille de l'ascenseur.

— Bien sûr. Le troisième.

Il avança le long du couloir anonyme, poussa la porte accoutumée et s'arrêta net. Un inconnu était assis au bureau.

— Je vous demande pardon, je suis désolé, dit sir Francis. C'est absurde. Ça ne m'était jamais arrivé.

Il ressortit et ferma la porte. Puis il l'examina. C'était bien son numéro. Il n'avait pas fait d'erreur. Mais dans la petite fente où son nom avait été inscrit pendant douze ans — depuis qu'il était entré dans ce service après avoir quitté les scénaristes — il y avait maintenant une carte dactylographiée portant le nom de Lorenzo Medici. Il rouvrit la porte.

— Dites-moi, je crois qu'il y a erreur ?

— Ça se pourrait bien, répliqua cordialement Mr. Medici. Tout a l'air tordu par ici. J'ai passé la moitié de la matinée à sortir un tas de fourbi de cette pièce. Tout un fouillis, on aurait dit que quelqu'un avait passé sa vie ici : des bouteilles de médicaments, des livres, des photographies, des jeux de gosse. Ça a l'air d'avoir appartenu à un vieil Anglais qui a dû clamser.

— C'est moi le vieil Anglais et je n'ai pas clamsé.

— Eh bien, tant mieux. J'espère que dans le fourbi il n'y avait rien à quoi vous teniez. C'est peut-être encore quelque part par là.

— Il faut que je voie Otto Baumbein.

— Il a l'air tordu aussi, mais ça m'étonnerait qu'il soit au courant pour le fourbi. Voyez plutôt un des concierges.

Sir Francis reprit le couloir jusqu'au bureau du directeur adjoint.

— Mr. Baumbein est en conférence pour l'instant. Faut-il lui dire de vous rappeler ?

— Je l'attendrai.

Il s'assit dans le premier bureau, où deux dactylos étaient occupées au téléphone à de longues et intimes conversations amoureuses. Mr. Baumbein sortit enfin.

— Eh bonjour, Frank, dit-il. C'est bien gentil à vous de venir nous voir. Ça me fait bien plaisir, vraiment bien plaisir. Il faut revenir, il faut revenir souvent, Frank.

— J'ai besoin de vous parler, Otto.

— C'est que je suis assez occupé pour l'instant, Frank. Et si je vous donnais un coup de fil la semaine prochaine ?

— Je viens de trouver dans mon bureau un certain Mr. Medici.

— Mais oui, Frank. Seulement, lui, il prononce Medissay, comme ça ; comme vous vous prononcez, ça fait un peu macaroni, mais Mr. Medici est un garçon très épatant, qui a une carrière tout à fait épatante et remarquable, Frank, je serais très heureux de vous le présenter.

— Et alors, moi, où est-ce que je travaille ?

— Eh bien, justement, Frank, c'est quelque chose dont je voudrais bien causer avec vous, mais pour l'instant je n'ai pas le temps. Je n'ai pas le temps, n'est-ce pas mon petit ?

— Non, Mr. Baumbein, dit une des secrétaires. Vous n'avez sûrement pas le temps.

— Vous voyez bien. C'est vraiment que je n'ai pas le temps. Ecoutez mon petit, essayez donc de voir si Mr. Erikson ne peut pas recevoir sir Francis. Je suis sûr que Mr. Erikson serait enchanté.

Si bien que sir Francis vit Mr. Erikson, le supérieur immédiat de Mr. Baumbein. De sa bouche il apprit en bon nordique bien brutal ce dont il se doutait vaguement depuis une heure : c'est que ses longs services aux Films Megalopolitan avaient pris fin.

— Il aurait été poli de me prévenir, dit-il.

— La lettre est partie. Les choses traînent un peu quelquefois, comme vous savez ; il y a tellement de services qui doivent donner leur accord : le Contentieux, le Service Financier, la Section des Conflits du Travail. Mais je n'envisage pas de difficultés dans votre cas. Heureusement vous n'êtes pas syndiqué. De temps en temps les grands patrons protestent contre le gaspillage de main-d'œuvre : quand on fait venir quelqu'un d'Europe ou de Chine, ou de n'importe où, pour le renvoyer au bout de la semaine. Mais ce n'est pas votre cas. Vous avez battu les records. Tout juste vingt-cinq ans de services, n'est-ce pas ? Il n'y a même pas de clause de rapatriement dans votre contrat. Pour vous, la terminaison devrait aller tout droit.

Sir Francis quitta Mr. Erikson et retrouva son chemin jusqu'à la sortie de la grande ruche. On l'appelait le Centre Mémorial Wilbur K. Lutit, et il n'était pas encore construit quand sir Francis était arrivé à Hollywood. A cette époque-là, Wilbur K. Lutit vivait encore ; il lui avait même une fois serré la main de sa main épaisse. Sir Francis avait vu s'élever les bâtiments ; il avait tenu un rang honorable sinon illustre à la cérémonie de consécration. Il avait vu les bureaux s'emplir et se désemplir et les noms changer sur les plaques des portes. Il avait vu les gens arriver et repartir, Mr. Erikson et Mr. Baumbein s'installer, d'autres, dont maintenant les noms lui échappaient, disparaître. Il se souvenait du pauvre Léo, qui avait dégringolé des plus hautes altitudes pour mourir à l'hôtel du Jardin d'Allah en laissant sa note impayée.

— Vous avez trouvé ce que vous vouliez ? lui demanda la jeune fille du bureau en le voyant sortir vers le grand soleil.

***

Le gazon ne pousse pas bien en Californie du Sud, et le sol de Hollywood ne se prêtait pas sur une grande échelle aux raffinements du jeu de cricket. Quelques jeunes membres du club s'y lançaient bien de temps en temps, mais il n'intéressait guère plus la majorité des adhérents que le commerce du poisson et la cordonnerie ne passionnent les vieilles corporations de la Cité de Londres.

Pour eux, le club était le symbole de leur qualité d'Anglais. C'est là qu'ils récoltaient des souscriptions pour la Croix-Rouge et qu'ils bavardaient à l'aise, non sans méchanceté, à l'abri des oreilles de leurs patrons et de leurs protecteurs étrangers. C'est là que le lendemain de la mort inattendue de sir Francis Hinsley tous les exilés se retrouvèrent comme si le tocsin les y avait appelés.

— C'est le petit Barlow qui l'a trouvé.

— Barlow du Megalo ?

— Il était au Megalo. Mais son contrat n'avait pas été renouvelé. Depuis...

— Oui, je sais. C'est affreux tout ça.

— Je n'ai pas connu sir Francis. Je n'y étais pas de son temps. Est-ce qu'on sait pourquoi il a fait ça ?

— Son contrat non plus n'avait pas été renouvelé.

C'étaient des mots de mauvais augure pour tous ceux qui étaient là, des mots qu'on n'entendait jamais sans toucher furtivement du bois ou croiser les doigts, des mots de malheur qu'il valait mieux ne pas prononcer. Il leur était donné à tous un certain délai d'existence entre la signature du contrat et le jour où il venait à expiration ; au-delà, c'était l'immense inconnu.

— Où est sir Ambrose ? Il viendra certainement ce soir.

Il arriva enfin et on remarqua qu'il portait déjà un crêpe sur sa veste militaire. Il avait beau se faire tard, il accepta une tasse de thé, flaira l'atmosphère d'inquiétude qui régnait et rendait l'air irrespirable, et déclara :

— Bien sûr, vous avez tous appris l'affreuse histoire de ce pauvre Frank ?

Un murmure lui répondit.

— Il a connu de mauvais jours vers la fin.

Je ne crois pas qu'il y avait grand monde à Hollywood, à part moi, pour se souvenir de ce qu'il était dans son jeune temps. Il a magnifiquement servi.

— C'était un homme cultivé et un noble cœur.

— Parfaitement. Il a été le premier Anglais de marque à travailler pour le cinéma. On peut dire qu'il a posé les fondements sur lesquels j'ai, sur lesquels nous avons tous construit. Il a été notre premier ambassadeur.

— Il me semble vraiment qu'on aurait pu le garder au Megalo. On ne se serait même pas aperçu de son traitement. Et dans l'ordre naturel des choses, il n'aurait pas continué longtemps à coûter quelque chose.

— On vit très vieux par ici.

— Oh, ce n'était pas la question, dit sir Ambrose. Il y avait d'autres raisons.

Il s'arrêta un instant, puis reprit de sa voix hypocrite et bien timbrée :

— Je crois qu'il vaut mieux que je vous le dise, parce que c'est quelque chose qui a une portée sur notre vie à tous. Je ne crois pas que beaucoup d'entre vous aient, ces dernières années, rendu visite à notre vieux Frank. Moi, je l'ai fait. Je me fais un devoir de garder le contact avec tous les Anglais d'ici. Eh bien, comme vous le savez peut-être, il avait pris chez lui un jeune Anglais nommé Dennis Barlow.

Les joueurs de cricket se lancèrent des regards renseignés ou interrogateurs, suivant le cas.

— Naturellement, je ne veux pas dire du mal de Barlow. Il est arrivé ici avec un renom de grand poète. Mais, n'est-ce pas, il n'a pas réussi, voilà tout. Ce n'est pas une raison pour le blâmer. Ici on est mis à rude épreuve. Il n'y a que les meilleurs qui survivent. Barlow n'a pas réussi. Dès que je l'ai appris, je suis allé le voir. Je lui ai aussi carrément que possible conseillé de filer. J'estimais que c'était de mon devoir envers vous tous. Il ne faut pas d'Anglais pauvre qui traîne à Hollywood. C'est ce que je lui ai dit, franchement et équitablement, comme un Anglais qui s'adresse à un autre.

» Eh bien, je crois que vous connaissez à peu près tous quelle a été sa réponse. *Il a pris un « job » au cimetière des chiens.*

» En Afrique, quand un blanc se déshonore et compromet ses compatriotes, les autorités le réexpédient chez lui. Malheureusement c'est un droit que nous n'avons pas ici, et l'ennui, c'est qu'il nous faut tous payer l'imbécillité d'un seul. Est-ce que vous vous imaginez qu'en d'autres circonstances la Megalo aurait débarqué le pauvre Frank ? Mais lorsqu'on a vu qu'il faisait maison commune avec un type qui travaillait au cimetière des chiens... Mettez-vous à leur place. Vous savez tous aussi bien que moi quels sont les usages ici. Je n'ai aucun grief contre nos collègues américains. On ne peut trouver nulle part plus belle équipe, et ils ont créé la plus belle industrie du monde. Ils ont leurs standards, voilà tout. On ne peut pas le leur reprocher. Dans un monde de compétition on juge les gens sur l'apparence. Tout dépend de la réputation. Il faut sauver la face, comme on dit en Orient. Qui perd la face perd tout. Je n'en dirai pas plus.

» Personnellement, je suis navré pour le petit Barlow. Je n'aimerais pas être à sa place aujourd'hui. Je viens d'aller le voir. J'ai jensé que c'était la chose à faire. J'espère que ceux d'entre vous qui viendraient à le rencontrer se souviendront qu'il a surtout péché par inexpérience. Il a refusé de se laisser guider. Enfin...

» Je lui ai laissé la charge de toutes les premières mesures. Il ira aux Célestes Pourpris dès que la police rendra les restes. Je me suis dit qu'il fallait lui donner quelque chose à faire pour l'empêcher de trop penser.

» Dans une circonstance comme celle-là, il faut tous se serrer autour du drapeau. Peut-être qu'il faudra mettre la main à la poche — je n'ai pas l'impression que Frank ait laissé grand-chose — mais ce sera de l'argent bien employé s'il sert à poser la colonie britannique aux yeux de l'industrie. J'ai téléphoné à Washington pour demander qu'on envoie l'ambassadeur pour les obsèques, mais apparemment cela n'a pas l'air de s'arranger. Je vais encore essayer. Ça ferait une grosse différence. De toute façon, je ne crois pas que les studios s'abstiennent s'ils savent que, nous autres, nous faisons bloc...

Pendant qu'il parlait, le soleil s'était enfoncé derrière les taillis des collines de l'ouest. Le ciel était encore tout clair mais une ombre épaisse avançait peu à peu vers l'herbe inégale et dure du terrain de cricket. L'air qu'elle apportait était glacial.

III

Dennis était un jeune homme plus sensible que sentimental. Il avait vécu vingt-huit ans à l'écart de toute violence, mais il appartenait à une génération qui bénéficiait par procuration d'une grande intimité avec la mort. Il se trouvait qu'il n'avait jamais vu de cadavre d'homme quand, en rentrant ce matin-là, fatigué de son service de nuit, il découvrit son hôte pendu à une poutre. C'était un spectacle brutal qui l'avait momentanément ébranlé ; qui peut-être avait laissé quelque part une invisible cicatrice dans son inconscient. Mais sa raison accepta l'événement comme faisant partie de l'ordre établi. En des âges plus tendres, d'autres avaient vu leur vie transformée par ce genre de révélation ; pour Dennis, c'était là une des choses auxquelles il faut s'attendre dans le monde tel qu'il le connaissait et, tout en dirigeant sa voiture vers les Célestes Pourpris, il se sentait avec plaisir l'esprit tout animé et plein de curiosité.

C'est à d'innombrables reprises qu'il avait entendu prononcer, depuis son arrivée à Hollywood, le nom de la grande nécropole ; il l'avait lu dans les journaux locaux lorsqu'on rendait à un corps encore plus illustre que de coutume des honneurs plus magnifiques encore, ou lorsqu'on ajoutait une nouvelle acquisition à sa collection de chefs-d'œuvre contemporains. Les semaines passées, il y avait pris un intérêt plus vif et d'un tour plus technique, car les Bienheureux Halliers étaient conçus pour rivaliser modestement avec leur illustre voisinage. La langue qu'il parlait tous les jours dans son nouveau métier était un patois dérivé en droite ligne de cette pure et grandiose origine. Plus d'une fois Mr. Schultz s'était écrié avec orgueil, après une cérémonie : « C'était digne des Célestes Pourpris. » Semblable au prêtre missionnaire qui fait son premier pèlerinage au Vatican, semblable au roi d'Afrique équatoriale qui monte à la tour Eiffel, Dennis Barlow, poète et « morticien » pour animaux, passa les Portes d'Or.

Elles étaient immenses, les plus grandes du monde, et nouvellement redorées. Un écriteau proclamait que leurs rivales de l'Ancien Monde étaient de plus petites dimensions. Au-delà s'étendait un demi-cercle d'ifs dorés, une large route sablée, et un îlot de gazon soigneusement tondu sur quoi s'élevait un étrange et épais mur de marbre sculpté qui formait comme un livre ouvert. On y avait gravé en lettres d'un pied de haut : *La Vision.*

Et voici : J'eus un rêve et dans mon rêve j'eus la vision d'une Nouvelle Terre consacrée au Bonheur. Là je vis parmi tout ce que la Nature et l'Art peuvent inventer pour élever l'Ame Humaine, l'Heureux Champ de Repos d'Innombrables Chers Disparus. Et je vis les Délaissés debout sur la berge de l'étroite rivière qui les séparait de ceux qui étaient déjà partis. Jeunes et vieux ils étaient heureux aussi. Heureux parmi la Beauté. Heureux dans la certitude absolue que leurs Chers Disparus étaient tout proches, au seuil de la Beauté et du Bonheur que la Terre ne peut pas donner.

J'entendis une voix dire : « Fais ainsi. »

Et voici : Je m'éveillai à la lumière et selon la Promesse de ma Vision j'ai fait les

CELESTES POURPRIS

ENTRE ETRANGER ET SOIS HEUREUX

En dessous, en fac-similé gigantesque d'écriture cursive, la signature :

LE VISIONNAIRE : WILBUR KENWORTHY

Sur un discret écriteau de bois tout proche on lisait : *Demander nos tarifs aux Bâtiments de l'Administration. Tout droit.*

Dennis continua à rouler à travers le parc verdoyant, et arriva bientôt en vue de ce qu'il aurait pris en Angleterre pour le château d'un financier d'avant l'autre guerre. C'était un bâtiment noir et blanc, avec des pignons pointus et des poutres apparentes, des cheminées de brique compliquées et des girouettes de fer forgé. Il laissa sa voiture auprès d'une douzaine d'autres et prit à pied par une haie de buis, longea un jardin creux de plantes vivaces, dépassa un cadran solaire, un bassin pour le bain des oiseaux et une fontaine, un siège rustique et un petit pigeonnier. Tout autour de lui s'élevait une douce musique : les accords sur l'orgue du *Chant d'amour hindou*, que diffusaient d'innombrables haut-parleurs dissimulés dans le jardin.

Lorsque, nouveau venu aux Studios Megalopolitan, il avait visité les décors pour la première fois, il lui avait fallu beaucoup d'imagination pour se convaincre que ces rues et ces squares de tous les climats et de toutes les époques, qui avaient l'air si solide, étaient en réalité des façades de plâtre, dont le revers montrait la structure de planches. Ici l'illusion était tout autre. Dennis n'arrivait qu'avec effort à se persuader que le bâtiment qu'il avait sous les yeux était permanent et à trois dimensions ; mais là, comme partout aux Célestes Pourpris, la foi chancelante était soutenue par la parole écrite.

Cette parfaite réplique d'un vieux manoir anglais, disait un écriteau, *est, comme tous les bâtiments aux Célestes Pourpris, construite entièrement d'acier et de ciment de première qualité ; les fondations touchent le roc. Elle est garantie contre l'incendie, le tremblement de terre et   Les noms inscrits aux Célestes Pourpris vivront éternellement.*

Un peintre de lettres était au travail sur la partie vide et Dennis, en s'arrêtant pour l'examiner, distingua l'ombre des mots « les plus puissants explosifs » fraîchement effacés et l'ébauche de « la désintégration atomique » qui allaient les remplacer.

Toujours suivi par la musique il passa pour ainsi dire d'un jardin dans l'autre, car pour pénétrer dans les bureaux, on traversait une boutique de fleuriste. Il y trouva une jeune fille qui vaporisait du parfum sur une gerbe de lilas pendant qu'une autre parlait au téléphone :

— Oh, Mrs. Bogolov, vraiment je suis désolée, mais c'est justement une des choses que les Célestes Pourpris ne font jamais. Le Visionnaire n'aime pas les couronnes et les croix. Nous disposons simplement les fleurs selon leur beauté naturelle. C'est un des principes du Visionnaire. Je suis sûre que c'est aussi ce que Mr. Bogolov préférerait. Pourquoi ne pas nous confier ce soin, Mrs. Bogolov ? Dites-nous ce que vous désirez dépenser et nous nous chargerons du reste. Je suis sûre que vous serez enchantée. Merci, Mrs. Bogolov, nous nous faisons un plaisir...

Dennis, en ouvrant la porte marquée « Renseignements », se trouva dans une salle de banquet aux poutres apparentes. Le *Chant d'amour hindou* était toujours là, qui fusait doucement des boiseries de chêne. D'entre ses compagnes, se leva pour l'accueillir une jeune fille de cette nouvelle race de jeunes filles délicieuses, aimables et compétentes qu'il avait rencontrées partout aux Etats-Unis. Elle portait une blouse blanche, et sur le sein gauche, que le soutien-gorge faisait pointer, étaient brodés les mots : *Hôtesse funéraire.*

— Puis-je vous être utile à quelque chose ?

— Je suis venu pour des obsèques.

— Est-ce pour vous ?

— Sûrement pas. Est-ce que j'ai l'air tellement moribond ?

— Plaît-il ?

— Est-ce que j'ai l'air d'être sur le point de mourir ?

— Mais non. Seulement beaucoup de nos amis aiment à prendre des Arrangements Avant Terme. Voulez-vous venir par ici ?

Elle le fit sortir dans le hall et passer dans un couloir aux tons doux. Là, le décor était dix-huitième siècle. *Le Chant d'amour hindou* se termina pour être remplacé par une voix de rossignol. Dans un petit salon aux cretonnes fleuries, Dennis s'assit avec son hôtesse pour conclure leurs arrangements.

— Il me faut d'abord les Renseignements Indispensables.

Il lui donna son nom et celui de sir Francis.

— Voyons, Mr. Barlow, quelles sont vos intentions ? Embaumement d'abord, bien entendu, et ensuite, incinération ou non, suivant les goûts. Notre crématoire est construit d'après les principes scientifiques, la chaleur est tellement intense que tout l'inessentiel est volatilisé. Il y a des gens que cela ennuyait de penser que les cendres du cercueil et des vêtements se mêlaient à leur Cher Disparu. Les obsèques normales comprennent l'enterrement, l'entombement, l'enurnement, l'emmurement, mais en ce moment-ci beaucoup de gens préfèrent l'ensarcophagement. Cela, c'est vraiment tout à fait personnel. On place le cercueil dans un sarcophage scellé, de marbre ou de bronze, et il repose définitivement au-dessus du sol dans une niche du Mausolée, avec ou sans vitrail personnel au-dessus. Naturellement, cela pour les gens qui n'ont pas comme considération primordiale la question d'argent.

— Nous voulons que notre ami soit enterré.

— Ce n'est pas la première fois que vous venez aux Célestes Pourpris ?

— Si.

— Alors il faut que je vous explique la Vision. Le parc est divisé en zones. Chaque zone a son propre nom et une œuvre d'art appropriée. Les zones varient de prix et à l'intérieur même des zones les prix varient suivant leur proximité par rapport à l'œuvre d'art. Nous avons des places pour une personne à partir de cinquante dollars. C'est au Repos du Pèlerin, zone que nous venons tout juste d'inaugurer derrière la réserve de carburant du crématoire. Les places les plus chères sont à l'Ile du Lac. Elles font environ mille dollars. Ensuite nous avons le Nid aux Amoureux, qui est une zone groupée autour d'une très belle réplique en marbre de la célèbre statue de Rodin, *le Baiser*. Là nous avons des places pour deux personnes qui font sept cent cinquante dollars les deux. Votre Cher Disparu était-il marié ?

— Non.

— Que faisait-il ?

— Il était écrivain.

— Alors ce qui lui conviendrait serait le Coin des Poètes. Nous avons là la plupart des noms les plus éminents en littérature, soit en personne soit par Arrangements Avant Terme. Vous connaissez sans aucun doute les ouvrages d'Amelia Bergson ?

— J'en ai entendu parler.

— Nous avons vendu hier même à Miss Bergson une place réservée par Arrangement Avant Terme, sous la statue de l'éminent poète grec Homère. Je pourrais mettre votre ami immédiatement à côté d'elle. Mais vous aimeriez peut-être voir la zone avant de vous décider ?

— Je veux tout voir.

— Il y a certainement beaucoup à voir. Je vais faire venir un de nos guides pour vous faire visiter dès que nous en aurons fini avec les Renseignements Indispensables. Votre Cher Disparu appartenait-il à une religion déterminée ?

— Il était agnostique.

— Nous avons deux églises libres dans le parc et un certain nombre de pasteurs libres.

Les Juifs et les catholiques semblent généralement préférer régler ces questions eux-mêmes.

— Je crois que sir Ambrose Abercrombie a l'intention de faire célébrer un service spécial.

— Oh ! votre Cher Disparu était dans les Films, Mr. Barlow ? Dans ce cas, il devrait être au Pays des Ombres.

— Je suis persuadé qu'il préférerait être avec Homère et Miss Bergson.

— Alors l'église de l'Université sera parfaite. Nous prenons soin d'éviter un trop long parcours aux Délaissés. Je suppose que votre Cher Disparu était caucasien ?

— Pas du tout, qu'est-ce qui vous fait croire cela ? Il était anglais pur sang.

— Les Anglais sont caucasiens pur sang, Mr. Barlow. Le parc est un enclos réservé. C'est une règle que le Visionnaire a établie par considération pour les Délaissés. Dans les moments d'épreuve ils préfèrent être entre eux.

— Je crois comprendre. Eh bien je peux vous affirmer que sir Francis était tout à fait blanc.

En disant cela, Dennis revit l'image qui rôdait au fond de sa conscience et n'était jamais bien loin d'affleurer : le corps qui pendait comme un sac et, au-dessus, le visage aux yeux rouges affreusement exorbités, les joues marbrées de violet comme la tranche d'un livre de comptes et la langue enflée sortant toute raide comme un bout de saucisse noire.

— Il faut maintenant choisir le coffret.

Ils allèrent aux salles d'exposition où s'alignaient des cercueils de toutes les formes et de toutes les matières ; le rossignol continuait à chanter dans les corniches.

— Le couvercle en deux parties est très demandé pour les Chers Disparus hommes. A ce moment-là il n'y a que la partie supérieure qui est visible.

— Visible ?

— Oui, lorsque les Délaissés viennent faire leurs adieux.

— Mais, dites-moi, je ne crois pas que cela puisse aller. Je l'ai vu. C'est qu'il est affreusement défiguré.

— S'il y a de petites difficultés particulières il faudra en avertir nos cosméticiens. Vous en verrez un avant de vous en aller. Ils s'en tirent toujours très bien.

Dennis ne se pressa pas de choisir. Il examina tout ce qui était en vente ; il reconnut avec humilité que même le plus simple de ces cercueils éclipsait les plus somptueux produits des Bienheureux Halliers, et quand il arriva aux deux mille dollars — et c'était loin d'être ce qu'il y avait de plus coûteux — il se crut dans l'Egypte des Pharaons. A la fin il se décida pour un épais coffre de noyer aux garnitures de bronze, doublé de satin capitonné. Le couvercle, comme on le lui avait recommandé, était en deux parties.

— Vous êtes sûr qu'on pourra le rendre présentable ?

— Nous avons eu le mois dernier un Cher Disparu noyé. Il avait été un mois dans la mer et on ne l'avait identifié que grâce à son bracelet-montre. Ils ont réchampi ce mec-là, dit l'hôtesse en abandonnant tout d'un coup son langage châtié, qu'on aurait dit que c'était sa noce. Sûr que les gars de là-haut ils savent bien leur boulot. Il aurait sauté sur une bombe atomique, qu'ils en feraient quelque chose.

— C'est très consolant.

— Vous parlez ! Puis elle reprit ses façons professionnelles comme elle aurait remis une paire de lunettes et continua : « Comment votre Cher Disparu sera-t-il habillé ? Nous avons ici nos tailleurs. Quelquefois après une très longue maladie il n'y a pas de vêtements qui aillent, quelquefois les Délaissés trouvent dommage de perdre un bon costume. Nous pouvons habiller les Chers Disparus à très bon compte puisque pour un complet-coffret on n'a pas besoin de penser à l'usure, et que dans le cas où seule la partie supérieure est visible pour les adieux il n'y a besoin que du veston et du gilet. Quelque chose de sombre c'est ce qui fait le mieux ressortir les fleurs.

Dennis était absolument ébloui. Il dit enfin :

— Sir Francis n'était pas très coquet. Cela m'étonnerait qu'il eût quelque chose qui convînt pour le coffret. Mais je crois qu'en Europe nous utilisons d'habitude un linceul.

— Oh, nous avons aussi des linceuls. Je vais vous en montrer.

L'hôtesse le conduisit à des rayonnages garnis de tiroirs comme les coffres de sacristie où l'on range les ornements sacerdotaux ; elle en tira un pour montrer à Dennis un vêtement tel qu'il n'en avait jamais vu. Remarquant son intérêt, elle le sortit pour lui permettre de l'examiner de près. Il avait l'apparence d'un complet boutonné devant, mais ouvert derrière ; les manches, ouvertes aux coutures, pendaient mollement ; un centimètre de linge dépassait du poignet, le V du gilet était rempli de la même façon ; un nœud papillon sortait de l'ouverture d'un col qui s'aplatissait aussi comme s'il avait été fendu par derrière. C'était l'apothéose du plastron.

— C'est une spécialité à nous, dit-elle, bien qu'on l'imite maintenant un peu partout. Ce sont les vêtements pour changement de costume ultra-rapide des acteurs de vaudeville qui en ont donné l'idée. Cela permet d'habiller le Cher Disparu sans changer la pose.

— C'est très remarquable. Je crois que c'est exactement ce qu'il nous faut.

— Avec ou sans pantalon ?

— Quel est exactement l'avantage du pantalon ?

— Pour porter dans la Chambre du Sommeil. Cela dépend si vous voulez que les adieux se fassent sur la chaise longue ou dans le coffret.

— Il vaudrait peut-être mieux qu'avant de me décider je voie la Chambre du Sommeil.

— Bien volontiers.

Elle le conduisit dans le hall puis lui fit prendre un escalier. Le rossignol avait cédé la place à l'orgue et des accords de Hændel les suivirent à l'étage du Sommeil. Là elle demanda à une collègue :

— Est-ce que nous avons une chambre de libre ?

— Il n'y a que les Jonquilles.

— Par ici, Mr. Barlow.

Ils passèrent devant de nombreuses portes fermées de chêne patiné, et enfin elle en ouvrit une et s'effaça pour le laisser entrer. Il se trouva dans une petite pièce gaiement tapissée et meublée. Elle aurait pu, sauf sur un point, appartenir à un hôtel de campagne luxueux et moderne. Des vases de fleurs étaient disposés autour d'un sofa de cretonne sur lequel reposait ce qu'on aurait pris pour l'effigie en cire d'une femme d'un certain âge habillée comme pour une soirée. De ses mains gantées de blanc elle tenait un bouquet et elle avait sur le nez des pince-nez sans monture qui brillaient.

— Oh, que je suis bête, dit son guide. Nous sommes entrés par erreur aux Primevères. Ici, ajouta-t-elle bien inutilement, c'est occupé.

— Je vois.

— Les adieux n'ont pas lieu avant l'après-midi, mais il vaut mieux nous en aller avant que les cosméticiens nous trouvent. Ils aiment bien faire quelques derniers arrangements avant qu'on introduise les Délaissés. Enfin cela vous donne une idée de la disposition de la chaise longue. D'ordinaire nous recommandons pour les messieurs l'exposition en coffret à mi-corps parce que les jambes ne rendent jamais aussi bien.

Elle le fit sortir de la salle.

— Y aura-t-il beaucoup de monde pour les adieux ?

— Oui, je crois, énormément de monde.

— Alors il vaudrait mieux que vous ayez un appartement avec antichambre. Le mieux ce sont les Orchidées. Faut-il vous les retenir ?

— Oui, s'il vous plaît.

— Et l'exposition à mi-corps dans le coffret, pas la chaise longue ?

— Non, pas la chaise longue.

Elle le reconduisit vers la réception.

— Cela a dû vous surprendre un peu, Mr. Barlow, de vous trouver comme ça brusquement devant un Cher Disparu.

— Un peu, je l'avoue.

— Vous verrez que le jour même c'est tout à fait différent. Les adieux sont une très grande source de consolation. Souvent les Délaissés ont vu, pour la dernière fois, leurs Chers Disparus sur un lit de douleur, avec toute la pénible atmosphère de la chambre de malade ou d'hôpital. Ici ils les revoient comme ils les ont connus en pleine joie de vivre, et transfigurés par la paix et par le bonheur. Aux obsèques ils ont juste le temps d'un dernier coup d'œil au moment du défilé. Mais ici, dans la Chambre du Sommeil, ils peuvent rester aussi longtemps qu'ils veulent pour que l'esprit enregistre une belle image dernière.

Il remarqua qu'elle parlait comme on récite une leçon, dans les termes mêmes du Visionnaire, et en partie à sa manière rapide et décidée. Ce fut cette dernière qu'elle reprit quand ils furent de retour à la réception.

— Eh bien, je crois que j'ai tout ce qu'il me

faut, Mr. Barlow, excepté votre signature sur le bon de commande, et des arrhes.

Dennis avait pris ses précautions. Cela faisait également partie des formalités des Bienheureux Halliers. Il déposa cinq cents dollars et prit le reçu.

— Il faut maintenant que vous voyiez une de nos cosméticiennes qui vous attend pour que vous lui donniez à son tour les Renseignements Indispensables, mais avant de nous séparer, ne pourrai-je vous intéresser à nos contrats d'Arrangements Avant Terme ?

— Tout ce qui concerne les Célestes Pourpris m'intéresse énormément, mais ce côté-là peut-être moins que le reste.

— Les avantages de notre plan sont de deux ordres — maintenant elle récitait par cœur —, financiers et psychologiques. Vous, Mr. Barlow, vous approchez maintenant de votre période de gain maximum. Vous faites sans aucun doute des économies pour l'avenir, sous forme de placements, de polices d'assurance, etc. Vous vous organisez pour assurer la tranquillité de vos vieux jours, mais avez-vous réfléchi aux charges que vous accumulez peut-être pour ceux que vous laissez derrière vous ? Le mois dernier, Mr. Barlow, un mari et une femme vinrent à nous pour se renseigner sur nos Arrangements Avant Terme. C'étaient d'éminents citoyens dans la force de l'âge, qui avaient deux filles tout juste sorties de l'adolescence. Ils écoutèrent tout le détail avec beaucoup d'intérêt et déclarèrent qu'ils reviendraient quelques jours plus tard pour régler la question. Mais le lendemain même ils ont passé tous les deux, Mr. Barlow, dans un accident d'automobile et à leur place nous vîmes arriver deux orphelines désespérées qui nous demandaient quelles mesures avaient prévues leurs parents. Nous fûmes obligés de leur répondre qu'il n'y avait absolument rien de prévu. A l'heure de leur plus grande épreuve voilà des enfants laissées sans consolation. Comme tout aurait été différent si nous avions pu leur dire : « Vous êtes les bienvenues à tout le Bonheur des Célestes Pourpris. »

— Oui, mais je n'ai pas d'enfant. En outre, je suis étranger. Je n'ai pas l'intention de mourir ici.

— Mr. Barlow, vous avez peur de la mort.

— Je vous assure bien que non.

— Le recul devant l'inconnu est un instinct tout à fait naturel, Mr. Barlow. Mais si on discute les choses ouvertement et franchement on dissipe les pensées morbides. C'est une des choses que les psychanalystes nous ont apprises. Il faut amener vos craintes obscures, Mr. Barlow, à la lumière de tous les jours et de tous les hommes. Rendez-vous compte que la mort n'est pas un drame qui vous soit personnel, mais le sort commun de l'humanité. Hamlet l'écrit magnifiquement : « Apprends que la mort est universelle : tout ce qui vit doit mourir. » Vous croyez peut-être qu'il est morbide et dangereux de s'appesantir là-dessus, Mr. Barlow, mais des recherches scientifiques ont démontré le contraire. Il y a beaucoup de gens chez qui la peur de la mort ralentit l'élan vital et diminue la puissance de gain. C'est un fait reconnu que lorsqu'on a fait disparaître cette peur on attend davantage de la vie. Choisissez dès maintenant, tandis que vous êtes en bonne santé et que vous avez le temps, la forme que vous désirez pour votre préparation dernière, payez les frais pendant que cela vous est le plus facile, et débarrassez-vous de toute inquiétude. Refilez-nous ça, Mr. Barlow, les Célestes Pourpris sont de taille à encaisser.

— J'y réfléchirai très sérieusement.

— Je vous laisse notre brochure. Et il faut que je vous passe maintenant à la cosméticienne.

Elle n'eut pas plutôt quitté la pièce que Dennis l'avait complètement oubliée. Il l'avait déjà vue partout. Dennis se dit que les mères américaines reconnaissaient probablement leurs filles, comme paraît-il les Chinois sont assez subtils pour distinguer, dans leur race apparemment uniforme, les individus les uns des autres, mais aux yeux d'un Européen, l'Hôtesse funéraire était identique à toutes ses sœurs des lignes d'aviation et des bureaux d'hôtel, comme à miss Poski des Bienheureux Halliers. Elle était le produit standard. C'était une jeune fille qu'on pouvait quitter dans une boutique de charcuterie à New York et, après trois mille kilomètres en avion, retrouver derrière un comptoir de tabac à San Francisco, tout comme on retrouvait dans le journal local les dessins humoristiques qu'on préférait ; et aux moments les plus tendres elle roucoulait les mêmes mots, tout comme pendant les conversations mondaines elle exprimait les mêmes opinions et les mêmes préférences.

Elle était pratique ; mais la civilisation d'où Dennis était originaire avait des besoins plus aigus. Il lui fallait l'intangible, le visage ou un voile dans la brume, la silhouette debout contre la porte éclairée, les grâces mystérieuses du corps qui se cache sous des velours de cérémonie. Il ne convoitait pas les dépouilles de cette terre opulente, les membres parfaits qui s'étalaient dans les piscines, ni les bouches et les yeux fardés et grands ouverts sous les lampes à arc. Mais la jeune fille qui entrait était d'une espèce sans pareille. Non point de façon indéfinissable ; l'adjectif approprié qui la distinguait jaillit à l'esprit de Dennis aussitôt qu'il la vit : seule Eve dans un Eden hygiénique et trop actif, cette jeune fille était décadente.

Elle portait la livrée blanche de sa profession ; elle eut, pour entrer, pour s'asseoir devant la table et ouvrir son stylo, la même assurance professionnelle que la camarade qui l'avait précédée, mais elle représentait ce que Dennis avait vainement cherché pendant une solitaire année d'exil.

Elle avait des cheveux noirs et lisses, un large front, une peau transparente que le soleil n'avait pas abîmée. Bien sûr ses lèvres étaient artificiellement teintes, mais les pores délicats n'en étaient pas recouverts et bouchés par de la graisse écarlate ; elles semblaient promettre une libre gamme d'échanges sensuels. De face, son visage était ovale, le profil était léger, classique et pur. Les yeux avaient un regard lointain, aux reflets verts, qu'un éclair de folie faisait étinceler.

Dennis retint son souffle. Quand la jeune fille se mit à parler ce fut prosaïquement, et avec rapidité et décision.

— Comment votre Cher Disparu a-t-il passé? demanda-t-elle.

— Il s'est pendu.

— Le visage est-il très défiguré ?

— Abominablement.

— C'est tout à fait normal. Mr. Joyboy s'en occupera sans doute personnellement. Tout est dans le toucher, n'est-ce pas, il faut masser pour décongestionner et faire circuler le sang. Mr. Joyboy a des mains merveilleuses.

— Et vous, qu'est-ce que vous faites ?

— Les cheveux, la peau et les ongles, et c'est moi qui donne les consignes aux embaumeurs pour l'expression et la pose. Avez-vous apporté des photographies de votre Cher Disparu ? Cela aide énormément à redonner la personnalité. Etait-ce un vieux monsieur très gai ?

— Non, plutôt le contraire.

— Faut-il que j'inscrive serein et philosophe ou critique et résolu ?

— La première chose, je crois.

— C'est l'expression la plus difficile à obtenir, mais Mr. Joyboy en fait sa spécialité — avec le joyeux sourire des enfants. Votre Cher Disparu n'avait pas de postiche ? Et quel était son teint habituel? Nous classons généralement le teint en trois catégories : rural, athlétique et universitaire, c'est-à-dire rouge, bronzé et pâle. Universitaire ? Et les lunettes ? Un monocle. Le monocle est toujours difficile parce que

Mr. Joyboy tient à faire pencher un peu la tête pour que la pose soit plus naturelle. Il est difficile de faire tenir les pince-nez et les monocles une fois que la chair a durci. Et bien sûr le monocle a l'air moins naturel quand les yeux sont fermés. Est-ce que vous y tenez particulièrement ?

— Non, non, éliminons le monocle.

— Comme vous voudrez, Mr. Barlow. Mais naturellement Mr. Joyboy peut parfaitement s'en arranger.

— Non, je crois que votre argument des yeux fermés est sans réplique.

— Très bien. Votre Cher Disparu a-t-il passé avec une corde ?

— Avec des bretelles.

— Cela devrait être très facile à arranger. Quelquefois il reste une ligne qu'on ne peut enlever. Nous avons eu le mois dernier un Cher Disparu qui avait passé avec du fil électrique. Même Mr. Joyboy n'a rien pu y faire. Il a fallu enrouler une écharpe autour du cou jusqu'au menton. Mais des bretelles cela devrait très bien donner.

— Je remarque que vous avez une grande admiration pour Mr. Joyboy.

— C'est un véritable artiste, Mr. Barlow. Je ne peux pas faire de plus grand éloge.

— Votre métier vous plaît ?

— Je trouve que c'est un très, très grand privilège, Mr. Barlow.

— Il y a longtemps que vous l'exercez ?

Dennis s'était aperçu qu'on n'agaçait pas facilement les gens aux Etats-Unis en se montrant curieux de leur profession ou de leur carrière. Cependant, cette cosméticienne-là parut tirer une épaisseur supplémentaire de voile entre elle et son interlocuteur.

— Dix-huit mois, répondit-elle brièvement. J'ai presque fini mes questions maintenant. Y a-t-il une caractéristique particulière que vous aimeriez voir reproduite ? Quelquefois, par exemple, les Délaissés aiment bien voir leur Cher Disparu la pipe à la bouche. Ou quelque chose de spécial à la main ? N'y a-t-il rien qui soit caractéristique de votre Cher Disparu ? Beaucoup aiment un instrument de musique. Une dame a fait ses adieux le téléphone à la main.

— Non, je crois que cela n'irait pas.

— Rien que des fleurs ? Autre chose — le râtelier. Est-ce qu'il le portait quand il a passé ?

— Je ne sais vraiment pas.

— Pourriez-vous vous renseigner ? Il disparaît souvent au cours de l'enquête judiciaire et cela donne beaucoup de travail supplémentaire à Mr. Joyboy. D'habitude, en tout cas, les Chers

Disparus qui passent de leur propre main gardent leur râtelier.

— Je chercherai dans sa chambre et si je ne trouve rien j'avertirai la police.

— Merci infiniment, Mr. Barlow. Eh bien, j'ai tous mes Renseignements Indispensables. J'ai été très heureuse de faire votre connaissance.

— Quand est-ce que je vous revois ?

— Après-demain. Vous feriez bien de venir un peu avant l'heure des adieux pour vous assurer que tout est bien comme vous le désirez.

— Qui faut-il demander ?

— Tout simplement la cosméticienne des Orchidées.

— Pas de nom ?

— Il n'y a pas besoin de nom.

Elle le quitta, et l'hôtesse oubliée réapparut.

— Mr. Barlow, le Guide pour les Zones vous attend pour vous montrer l'emplacement.

Barlow sortit d'une rêverie profonde.

— Oh ! j'accepte l'emplacement les yeux fermés, répondit-il. A dire vrai, je crois que j'en ai assez vu pour la journée.

IV

Dennis demanda et obtint des Bienheureux Halliers un congé pour les obsèques et pour les démarches préliminaires. Mr. Schultz ne l'accorda pas facilement. Il pouvait malaisément se passer de Dennis ; il sortait toujours plus de voitures des usines, il y avait toujours plus de conducteurs sur les routes et de chiens à la morgue ; il y avait une épidémie d'empoisonnements alimentaires à Pasadena. La glacière était bondée et les fours crématoires brûlaient jour et nuit.

— En réalité, c'est une expérience qui me sera très utile, Mr. Schultz, dit Dennis, qui essayait de se défendre du reproche de vouloir déserter son poste. Je vois beaucoup de leurs méthodes aux Célestes Pourpris, et j'y trouve toutes sortes d'idées neuves que nous pourrions reprendre ici.

— Qu'est-ce qu'on a besoin d'idées neuves ?

répondit Mr. Schultz. Le carburant moins cher, les salaires moins chers et plus de travail, c'est tout ce qu'il me faut comme idées neuves. Tenez, Mr. Barlow, nous avons toute la clientèle de la côte. Il n'y a que nous dans le genre entre San Francisco et la frontière du Mexique. Est-ce qu'on a des clients qui paient 5 000 dollars pour un enterrement ? Et combien y en a-t-il qui en paient 500 ? Pas deux par mois. Qu'est-ce qu'ils disent presque tous ? « Brûlez-le-moi pour pas cher, Mr. Schultz, que je ne me fasse pas faire honte par la ville si elle le ramassait. » Ou encore ça va chercher un enterrement et une pierre tombale, 50 dollars y compris le ramassage. Depuis la guerre il n'y a plus de fantaisie, Mr. Barlow. Les gens font semblant d'aimer leurs bêtes, ils leur parlent comme à des enfants, mais qu'il arrive un citoyen avec une voiture neuve, ça va verser des torrents de larmes et ça finit par : « Est-ce que, pour le monde, c'est vraiment indispensable une pierre tombale, Mr. Schultz ? »

— Mr. Schultz, vous êtes jaloux des Célestes Pourpris.

— Et pourquoi pas, quand je vois toute la galette qu'ils dépensent pour des parents qu'ils ont détestés toute leur vie, et que les petites bêtes qu'ils aimaient et qui leur étaient fidèles, qui ne se plaignaient jamais et ne posaient jamais de questions, on les enterre comme des chiens ? Prenez vos trois jours, Mr. Barlow, mais ne vous imaginez pas qu'ils vous seront payés pour trouver des idées neuves.

***

Le coroner ne fit pas d'histoires. Dennis fit sa déposition ; le fourgon des Célestes Pourpris emporta les restes de sir Francis. Sir Ambrose s'occupa magistralement de la presse, et, avec l'aide de quelques autres Anglais éminents, composa l'Ordonnance du Service Funèbre. A Hollywood, la liturgie regarde plus la scène que le clergé. Tout le monde au Cricket-Club voulait un rôle.

— Il faudra lire un passage de ses œuvres, dit sir Ambrose. Je ne suis pas sûr d'avoir des exemplaires sous la main. Ce sont des choses qui disparaissent mystérieusement quand on déménage. Barlow, vous qui êtes dans la littérature, vous n'aurez pas de mal à trouver un passage qui convienne. Je crois qu'il faudrait quelque chose qui donne l'essence de l'homme tel que nous l'avons connu : son amour de la nature, du fair-play, n'est-ce pas ?

— Est-ce que Frank aimait la nature et le fair-play ?

— Mais sûrement, voyons. C'était une grande

figure dans les lettres ; il avait été honoré par le roi.

— Je ne me rappelle pas avoir jamais vu aucune de ses œuvres dans la maison.

— Trouvez quelque chose, Barlow. Juste un petit quelque chose de personnel. S'il le faut, écrivez-le vous-même. Je suppose que vous connaissez son style. Et, dites-moi, pendant que j'y pense, vous êtes poète. Est-ce que vous ne croyez pas que ce serait vraiment le moment d'écrire quelque chose sur le vieux Frank ? Quelque chose que je pourrais, vous comprenez, réciter devant la tombe. Après tout, nom d'un chien, vous lui devez bien ça, et à nous aussi. Ce n'est pas beaucoup demander. C'est nous qui faisons les bêtes de somme.

« Les bêtes de somme », c'était bien le mot, se disait Dennis en regardant les joueurs de cricket compiler la liste d'invitations. Il y eut une scission sur le sujet. Une fraction voulait que la réunion fût réduite et uniquement britannique et la majorité, sir Ambrose en tête, désirait inviter tous les dirigeants de l'industrie cinématographique. Il était inutile, expliqua-t-il, de « hisser le drapeau » s'il n'y avait que le pauvre vieux Frank pour le voir. La victoire ne fit jamais aucun doute. Sir Ambrose avait toutes les armes lourdes. On imprima donc un nombre important de cartes.

Pendant ce temps-là, Dennis cherchait trace des « œuvres » de sir Francis. Il n'y avait que peu de livres dans le bungalow et ce peu appartenait à Dennis. Sir Francis avait renoncé à écrire avant l'époque où Dennis avait appris à lire. Dennis n'avait aucun souvenir de ces charmants volumes qui avaient paru quand il était encore au berceau, des livres dont le plat était recouvert de papier à fleurettes, avec une étiquette unie, et dont souvent un petit dessin de Lovat Fraser ornait la page de titre. C'était le produit d'un esprit frivole, mais actif : biographie, voyage, critique, poésie, théâtre, bref, belles-lettres. Le plus ambitieux était *Un homme libre salue l'aurore,* à demi autobiographique. Pour un quart politique, un autre quart mystique, l'ouvrage était allé droit au cœur de tous les abonnés des librairies Boots dans les années 1920, et avait valu à sir Francis son titre de noblesse. Il y avait maintenant des années qu'*Un homme libre salue l'aurore* était épuisé, et toutes ses agréables tournures tombées dans l'oubli, sans plus personne pour y faire honneur.

Quand Dennis avait rencontré sir Francis dans les studios du Megalopolitan, le nom de Hinsley était juste à la limite de l'oubli. Il y avait un sonnet de lui dans *Poésie d'aujourd'hui.* Si on lui avait posé la question, Dennis aurait répondu à tout hasard que l'auteur avait été tué aux Dardanelles. Il n'y avait rien d'étonnant à ce que Dennis ne possédât aucune de ses œuvres. Et quand on connaissait sir Francis, il n'était pas davantage étonnant qu'il n'en eût pas non plus. Il était resté jusqu'au bout le moins vaniteux de tous les hommes de lettres et, par conséquent, celui dont on se souvenait le moins.

Dennis chercha longtemps en vain, et de désespoir envisageait une descente à la bibliothèque municipale, quand il découvrit un vieux numéro taché d'*Apollo*, rangé, Dieu sait pourquoi, dans le tiroir aux mouchoirs de sir Francis. La couverture bleu fané était devenue grise. Il était daté de février 1920. Il contenait surtout des poèmes de femmes dont la plupart, sans doute, étaient maintenant grand'mères. Le brûlant lyrisme de l'un d'eux expliquait peut-être pourquoi la revue avait été gardée tant d'années dans un avant-poste aussi lointain. Toutefois, il y avait vers la fin une critique signée F. H. Dennis remarqua qu'il était question d'une poétesse dont les sonnets figuraient à une page précédente. Le nom en était oublié, mais il y avait là, peut-être, se dit Dennis, quelque chose de tout proche de son cœur, quelque chose qui expliquait le long exil ; quelque chose en tout cas qui rendait inutile le recours à la bibliothèque municipale... « Ce mince volume qui trahit un talent réfléchi et passionné bien au-dessus de l'ordinaire... » Dennis découpa l'article de critique et l'envoya à sir Ambrose. Puis il se mit à son devoir de poète.

***

Le chêne patiné, la cretonne, les tapis épais comme une éponge et l'escalier dix-huitième siècle, tout cela prenait brusquement fin au second étage. Il y avait au-dessus un quartier où aucun profane ne pénétrait. On y arrivait par un ascenseur, un ascenseur de service, sans portes et de trois mètres carrés. Dans ce dernier étage tout n'était que carrelage et porcelaine, linoléum et acier chromé. C'est là qu'il y avait les salles d'embaumement avec leurs rangées de tables de porcelaine inclinées, leurs robinets et leurs tuyaux, leurs pompes à haute pression, leurs profonds canaux d'évacuation, et leur lourde odeur de formol. Plus loin on trouvait les salles de cosmétique qui sentaient le shampoing, les cheveux chauds, l'acétone et la lavande.

Un garçon fit entrer la civière dans le box d'Aimée. Une silhouette y était étendue sous un drap. Mr. Joyboy marchait à côté.

— Bonjour, miss Thanatogenos.

— Bonjour, Mr. Joyboy.

— Voici le Cher Disparu strangulé pour les Orchidées.

L'élégance des façons professionnelles atteignait la perfection chez Mr. Joyboy. Avant son arrivée, il y avait eu quelque relâchement de tenue dans le passage des salles d'exposition aux ateliers. On y parlait de « cadavres » et de « macchabées » ; on avait même entendu un jeune embaumeur du Texas dire « la bidoche ». Ce jeune homme était parti la semaine qui avait suivi la nomination de Mr. Joyboy comme morticien-chef, événement qui s'était produit un mois après l'entrée d'Aimée Thanatogenos aux Célestes Pourpris en qualité de cosméticienne. Elle se rappelait les mauvais jours, avant son arrivée, et lui était reconnaissante de la sérénité et du silence qui semblaient tout naturellement l'accompagner.

Mr. Joyboy n'était pas bel homme et ne ressemblait nullement au standard des studios de cinéma. Il était grand sans être athlétique. Chez lui la tête et le corps manquaient de forme et de couleur ; il avait des sourcils rares et des cils invisibles ; derrière son pince-nez les yeux étaient d'un gris tirant sur le rose ; bien coupés et parfumés, cependant, ses cheveux étaient clairsemés ; il avait des mains charnues ; ce qu'il avait de mieux c'était peut-être ses dents, et pourtant elles avaient beau être blanches et régulières, elles paraissaient un peu trop grandes pour lui ; il avait les pieds un peu plats, et le ventre plus qu'un peu gros. Mais ces défauts physiques étaient insignifiants comparés à son prestige moral et au charme irrésistible de sa voix douce et bien timbrée. On aurait dit qu'il avait un haut-parleur caché à l'intérieur de sa personne et que ses paroles provenaient de quelque auguste et lointain studio ; tout ce qu'il disait aurait pu être destiné à l'écoute des heures de pointe.

Le Dr Kenworthy achetait toujours ce qu'il y avait de mieux et Mr. Joyboy était arrivé aux Célestes Pourpris précédé d'une grande renommée. Il avait passé son baccalauréat d'embaumeur dans le Middle-West et, avant sa nomination aux Célestes Pourpris, il avait été professeur à la Faculté des Pompes Funèbres dans une célèbre université de l'Est. Il avait dirigé les réceptions à deux congrès nationaux des morticiens. Il avait été à la tête d'une mission amicale chez les morticiens d'Amérique latine. Sa photographie, avec il est vrai une légende un peu ironique, avait paru dans la revue *Time*.

Avant son arrivée, le bruit avait couru dans les salles d'embaumement que Mr. Joyboy n'était qu'un simple théoricien. Mais ces rumeurs furent dissipées dès la première matinée. Il suffisait de le voir avec un cadavre pour le respecter. C'était comme de voir apparaître à la chasse un étranger, qui, aussitôt en selle, avant même que la meute prenne la piste, se révèle sans erreur possible cavalier consommé. Mr. Joyboy n'était pas marié, et toutes les jeunes filles des Célestes Pourpris le couvaient des yeux.

Aimée savait bien qu'elle n'avait pas sa voix naturelle quand elle lui parlait.

— Est-ce que cela a été un cas très difficile, Mr. Joyboy ?

— Eh bien, un petit peu, mais je crois que tout est résolu de façon satisfaisante.

Il rabattit le drap pour découvrir le corps de sir Francis tout nu, à part un caleçon de toile blanche. Il était blanc et légèrement translucide, comme du marbre patiné.

— Oh ! qu'il est beau, Mr. Joyboy.

— Oui, il me semble qu'il a bien donné ». Il pinça, comme un marchand de volailles, la chair de la cuisse. « Bien souple », dit-il. Puis il souleva un bras et plia doucement le poignet. « Je crois que nous avons encore deux ou trois heures avant qu'il ne faille lui faire prendre la pose. Il faudra lui incliner légèrement la tête pour mettre dans l'ombre la suture de la carotide. Le crâne s'est vidé très gentiment.

— Mais, Mr. Joyboy, vous lui avez donné le sourire de l'Enfance Heureuse.

— Oui, ça ne vous plaît pas ?

— Oh, à moi, si bien sûr, mais ses Délaissés ne l'avaient pas demandé.

— Miss Thanatogenos, pour vous les Chers Disparus ont toujours le sourire.

— Oh, Mr. Joyboy.

— C'est vrai, Miss Thanatogenos. Apparemment je suis tout à fait incapable de m'en empêcher. Quand je travaille pour vous, quelque chose en moi me dit : « Il s'en va voir Miss Thanatogenos » et on dirait que ce sont mes doigts qui décident. Vous ne l'avez pas remarqué ?

— Eh bien, Mr. Joyboy, la semaine dernière j'en ai fait la réflexion. « Depuis quelque temps tous les Chers Disparus qui viennent de Mr. Joyboy, je me suis dit, ont tous de si beaux sourires. »

— C'est entièrement pour vous, Miss Thanatogenos.

Ici il n'y avait pas de transmission de musique. L'étage de travail résonnait de l'écho des robinets ouverts et des vidanges dans les salles d'embaumement, du bourdonnement des séchoirs électriques dans les salles de cosmétique. Aimée travaillait comme une religieuse, avec ardeur, sérénité, méthode ; d'abord le shampoing, puis la barbe, puis les ongles. Elle fit une raie aux cheveux blancs, fit mousser le savon sur les joues élastiques et appliqua le rasoir ; elle tailla les ongles et repoussa les peaux. Puis elle tira vers elle la table à roulettes qui portait les teintures, les brosses et les crèmes et, retenant son souffle, concentra toute son attention à l'essentiel de son art.

En deux heures le travail était presque fini. La tête, le cou et les mains avaient maintenant toute leur couleur ; un peu dure comme tonalité, un peu grossière peut-être, comme patinée sous la forte lumière de la salle de cosmétique, mais l'œuvre était conçue pour le rayonnement doré de la Chambre du Sommeil et pour la lumière de vitrail de la nef. Aimée acheva de farder de bleu le tour des paupières, et fit avec satisfaction un pas en arrière. Mr. Joyboy était arrivé à pas de loup près d'elle et examinait son travail.

— Ravissant, miss Thanatogenos, dit-il. Je suis toujours sûr que vous saurez exécuter mes intentions. Avez-vous eu quelque difficulté avec la paupière droite ?

— Un tout petit peu.

— Une certaine tendance à s'ouvrir à l'angle intérieur ?

— Oui, mais j'ai fait pénétrer un peu de crème sous la paupière, et je l'ai maintenue avec du n° 6.

— Parfait. A vous, je n'ai jamais besoin de rien dire. Nous travaillons en communion. Quand je vous envoie un Cher Disparu, miss Thanatogenos, j'ai l'impression de vous parler à travers lui. Avez-vous quelquefois cette impression ?

— Je sais bien que je suis toujours très fière et que je fais très attention quand c'est un des vôtres, Mr. Joyboy.

— Je le crois, miss Thanatogenos. Dieu merci.

Mr. Joyboy soupira. La voix d'un porteur dit tout à coup :

— Deux autres Chers Disparus qui montent, Mr. Joyboy. Ils sont pour qui ?

Mr. Joyboy soupira de nouveau et repartit travailler.

— Mr. Vogel, vous êtes libre pour le suivant ?

— Oui, Mr. Joyboy.

— L'un des deux est une petite fille, dit le porteur. Est-ce que vous la prenez vous-même ?

— Oui, comme toujours. Est-ce que c'est la mère et la fille ?

Le porteur jeta un coup d'œil sur les étiquettes des poignets.

— Non, Mr. Joyboy. Elles ne sont pas parentes.

— Très bien ; alors, Mr. Vogel, voulez-vous prendre la femme. Si ç'avait été la mère et l'enfant, je les aurais prises toutes les deux, bien que je sois très occupé. La technique individuelle est une chose qui compte — tout le monde ne s'en apercevrait peut-être pas ; mais si je voyais une mère et un enfant embaumés par des mains différentes je m'en apercevrais tout de suite, et j'aurais le sentiment que l'enfant n'appartient pas vraiment à sa mère ; comme si on les avait séparés dans la mort. C'est peut-être une imagination ?

— Vous aimez beaucoup les enfants, n'est-ce pas, Mr. Joyboy ?

— Oui, miss Thanatogenos. J'essaie de ne pas faire de différences, mais je ne suis qu'un homme. Il y a quelque chose dans l'innocence de l'enfant qui réveille en moi ce que j'ai de meilleur. C'est comme si quelquefois j'étais inspiré — visité d'en haut, peut-être... Mais il ne faut pas que je me laisse aller maintenant à mon sujet préféré. Au travail !

Bientôt arrivèrent les tailleurs qui revêtirent sir Francis Hinsley de son linceul, et l'ajustèrent adroitement. Puis ils soulevèrent le corps — il prenait de la rigidité — et le placèrent dans le coffre.

Aimée s'avança jusqu'au rideau qui séparait les salles d'embaumement de la salle de cosmétique, et attira l'attention d'un garçon.

— Voulez-vous dire à Mr. Joyboy que mon Cher Disparu est tout prêt pour la pose ? Je crois qu'il faudrait qu'il vienne maintenant. Il commence à prendre.

Mr. Joyboy ferma un robinet pour s'avancer vers sir Francis Hinsley. Il lui souleva les bras et réunit les mains, non pas dans un geste de prière, mais posées l'une sur l'autre avec résignation. Il lui souleva la tête, ajusta l'oreiller et tourna le cou pour que le visage fût exposé de trois quarts. Il fit un pas en arrière, examina son œuvre puis s'avança de nouveau et se pencha pour donner au menton encore un peu d'inclinaison.

— C'est parfait, dit-il. Il y a un ou deux endroits où il a été un peu frotté quand on l'a mis dans le coffret. Repassez-y la brosse une seule fois très légèrement.

— Bien, Mr. Joyboy.

Mr. Joyboy s'attarda encore un moment, puis tourna les talons.

— Allons retrouver bébé, dit-il.

V

L'enterrement était fixé au jeudi ; mercredi après-midi avaient lieu les adieux dans la Chambre du Sommeil. Le matin Dennis se rendit aux Célestes Pourpris pour s'assurer que tout était prêt.

On le conduisit tout droit aux Orchidées. Il était arrivé des fleurs en grande quantité, la plupart venant de la boutique du dessous, et en général « dans leur beauté naturelle ». (Après consultation, on avait admis le beau trophée du Cricket-Club en forme de battes croisées sur des piquets. Le Dr Kenworthy en personne avait donné son approbation : le trophée évoquait essentiellement la vie, et non la mort ; c'était le critère.) L'antichambre était si garnie de fleurs qu'elle semblait n'avoir pas d'autre mobilier ni d'autre décoration ; des portes à deux battants donnaient sur la Chambre du Sommeil proprement dite.

Dennis, la main hésitante sur la poignée de la porte, eut le sentiment qu'il communiquait avec une autre main de l'autre côté du panneau. Ainsi faisaient les amants dans les romans populaires. La porte s'ouvrit et Aimée Thanatogenos se trouva tout près de lui ; derrière elle il y avait encore d'autres fleurs, beaucoup d'autres fleurs, et autour d'elle une épaisse odeur de serre et la voix multiple et basse d'un chœur qui, du haut des corniches, répandait de la musique sacrée. Au moment de leur rencontre une voix de soprano éclata avec une douceur déchirante : « Oh, donnez-moi les ailes des colombes. »

Aucun souffle n'agitait la magique immobilité des deux pièces. Les croisées serties de plomb étaient soigneusement verrouillées. L'air, comme la voix de l'enfant, venait de très loin, après stérilisation et transmutation. La température était légèrement plus fraîche qu'il n'est habituel dans les demeures américaines. Les pièces semblaient isolées, étrangement paisibles, comme un wagon de chemin de fer arrêté la nuit loin de toute gare.

— Entrez, Mr. Barlow.

Aimée s'écarta et Dennis vit alors que le centre de la pièce était occupé par un grand tumulus de fleurs. Dennis était trop jeune pour avoir jamais vu une serre d'avant la guerre de 14 dans toute la splendeur d'un jour de bal, mais il connaissait bien la littérature de l'époque et c'est un spectacle qu'il avait vu en imagination ; rien n'y manquait, pas même les chaises dorées groupées deux par deux comme pour de galants entretiens de plastrons empesés et de diadèmes.

Il n'y avait pas de catafalque. Le cercueil était surélevé de quelques centimètres par un socle que cachait la décoration florale. Une moitié du couvercle était ouverte. Sir Francis avait le haut du corps visible à partir de la taille. Dennis pensa à la figure de cire de Marat dans sa baignoire.

Le linceul avait été admirablement ajusté. Il y avait un gardénia tout frais à la boutonnière et un autre que tenaient les doigts. Les cheveux, blancs comme neige, étaient partagés par une raie qui du front au sommet de la tête découvrait le crâne, aussi incolore et lisse que si la peau avait déjà été enlevée et l'os résistant mis à nu.

L'immobilité totale était plus surprenante que n'importe quel mouvement violent. Le corps avait l'air beaucoup plus petit que grandeur nature, maintenant qu'il était pour ainsi dire dépouillé de l'épais revêtement de la mobilité et de l'intelligence. Et le visage qui tournait vers lui ses yeux aveugles — le visage était absolument horrible ; sans âge comme une tortue et tout aussi inhumain, travestissement peinturluré, au sourire obscène, auprès duquel le masque démoniaque que Dennis avait découvert dans le nœud coulant était un accessoire de cotillon, comme un bon oncle pourrait en porter à une soirée de Noël.

Aimée se tenait auprès de son œuvre — comme le peintre au vernissage — et vit l'émotion qui coupa le souffle à Dennis.

— C'est bien ce que vous espériez ? demanda-t-elle.

— Bien au-delà, répondit-il, puis ajouta : Il est tout à fait rigide ?

— Bien ferme.

— Est-ce que je peux le toucher ?

— S'il vous plaît, non. Cela marque.

— Bon.

Puis, conformément à l'étiquette du lieu, elle le laissa à ses réflexions.

***

Un peu plus tard, il y eut de nombreuses allées et venues dans la chambre aux Orchidées ; une employée des Célestes Pourpris, assise dans l'antichambre, inscrivait les noms des visiteurs. Ce n'étaient pas les plus illustres. Les stars, les producteurs, les chefs de service viendraient le lendemain pour l'enterrement. Cet après-midi, ils étaient représentés par des sous-ordre. C'était comme la réception que l'on donne la veille d'un mariage pour exposer les cadeaux et où n'assistent que les intimes, les oisifs et les gens sans importance. Les Béni-Oui-Oui étaient là en force. L'homme propose, Dieu dispose. Ces messieurs corrects et gras donnaient leur docile et dernier consentement aux choses, et disaient oui au masque de la mort.

Sir Ambrose fit une brève apparition.

— Tout est prêt pour demain, Barlow? N'oubliez pas votre ode. J'aimerais bien l'avoir au moins une heure d'avance pour pouvoir répéter devant la glace. Est-ce que ça marche ?

— Je crois que ça ira.

— Je la réciterai devant la tombe. A l'église on lira simplement un passage des œuvres, et Juanita chantera *La Couleur verte*. C'est la seule chanson irlandaise qu'elle ait eu le temps d'apprendre. C'est curieux comme elle la chante flamenco. Vous êtes-vous occupé des places à l'église ?

— Pas encore.

— Les membres du Cricket-Club seront

ensemble, naturellement. Il faudra les quatre premiers rangs pour le Megalopolitan. Erikson viendra probablement. Bon, je peux vous laisser vous charger de tout ça, n'est-ce pas ?

En quittant la morgue, il déclara :

— Le petit Barlow me fait de la peine. Tout cela doit être terrible pour lui. L'essentiel est surtout de lui donner beaucoup à faire.

Un peu plus tard, Dennis prit sa voiture pour se rendre à l'église de l'Université. C'était un petit bâtiment de pierre dont la tour carrée s'élevait parmi de jeunes chênes verts au sommet d'une légère éminence. Le porche était muni d'un appareil qui permettait d'entendre à volonté une conférence expliquant ce que l'endroit avait de particulier. Dennis s'arrêta pour écouter.

La voix était une voix familière, celle des films documentaires :

« Vous êtes dans l'église de Saint-Pierre-hors-les-murs, à Oxford, l'un des lieux du culte les plus anciens et les plus vénérables d'Angleterre. C'est ici que des générations d'étudiants sont venues du monde entier rêver leurs rêves de jeunesse. C'est ici que des savants et des hommes d'Etat encore inconnus rêvent à leurs triomphes futurs. Ici, Shelley a dressé les plans de sa grande carrière poétique. D'ici, des jeunes gens s'engagent l'espoir au cœur sur la route de la réussite et du bonheur. C'est le symbole de l'âme de votre Cher Disparu qui prend ici le départ pour la plus grande réussite de tous les temps. La réussite qui nous attend tous quelles qu'aient été les déceptions de notre vie terrestre.

» Ce bâtiment est, non pas une réplique, mais une reconstruction. On a bâti à neuf ce que les vieux artisans de jadis avaient essayé de faire avec les grossiers outils des âges révolus. Le temps a apporté ses ravages à la beauté de l'original. Mais vous le voyez ici tel qu'il y a longtemps les premiers constructeurs l'avaient rêvé.

» Vous remarquerez que les bas-côtés sont uniquement construits de verre et d'acier de première qualité. Il existe une bien belle anecdote à ce sujet. En 1935, le Dr Kenworthy parcourait l'Europe pour trouver dans ce musée des trésors artistiques des œuvres qui fussent dignes des Célestes Pourpris. Son voyage le conduisit à Oxford et à la célèbre église normande de Saint-Pierre. Il la trouva sombre. Il la trouva pleine de tombeaux conventionnels et attristants. « Pourquoi, demanda-t-il, l'appelez-vous Saint-Pierre-hors-les-murs ? » On lui répondit : parce qu'au temps jadis elle était séparée du centre des affaires par la muraille de la ville. « Mon église à moi, dit le Dr Kenworthy, n'aura pas de murs. » Aussi la voyez-vous aujourd'hui toute pleine de soleil et d'air frais, de fleurs et de chants d'oiseaux... »

Dennis écoutait avec une attention passionnée ces accents si souvent parodiés et qui, cependant, n'avaient jamais atteint à l'absurdité ni au pouvoir d'hypnose de l'original. Son intérêt n'était plus purement technique ni purement satirique. Il était envoûté par les Célestes Pourpris. Dans les régions dangereuses de l'esprit où seul ose pénétrer l'artiste, les tribus sauvages s'assemblaient. Dennis, le frontalier, en voyait tous les signes.

La voix s'arrêta, puis après un silence, reprit :

« Vous êtes dans l'église de Saint-Pierre-hors-les-murs... »

Dennis ferma l'appareil, entra et se mit prosaïquement à sa tâche.

Le secrétariat lui avait fourni des cartes portant des noms dactylographiés. Il y avait au-dessous de l'orgue un banc réservé, séparé de la nef par une grille de fer et un rideau de gaze. C'est là, sous le voile, que se tenaient parfois les familles des disparus, à l'abri des regards curieux. Dennis l'attribua aux courriéristes locaux.

En une demi-heure son travail fut fini et il sortit dans les jardins, qui n'étaient ni plus gais, ni plus fleuris, ni plus remplis de chants d'oiseaux que l'église normande.

Les vers, dont il n'avait pas encore écrit le moindre mot, lui pesaient, et l'après-midi plein de parfums et de langueur n'incitait pas au travail. Sans compter une autre voix qui parlait tout bas mais avec persistance pour l'appeler à une tâche autrement ardue que les obsèques de Frank Hinsley. Il laissa sa voiture à la barrière pour prendre un chemin sablé qui descendait la colline. On voyait à peine les tombes, qu'indiquaient seulement de petites plaques de bronze, dont beaucoup étaient aussi vertes que le gazon environnant. Un réseau souterrain de tuyauterie faisait jaillir l'eau de partout, et formait à hauteur de la taille une ceinture de pluie étincelante d'où émergeait une armée de statues de bronze et de marbre de Carrare, allégoriques, enfantines ou érotiques. Ici, un magicien barbu interrogeait l'avenir dans les obscurs abîmes de ce qui semblait être un ballon de football en plâtre. Là, un bébé qui marchait tout juste serrait sur son cœur de pierre un Mickey Mouse de marbre. Un détour de sentier révélait Andromède, nue et enchaînée de rubans, les yeux fixés sur le papillon de marbre qui s'était posé sur son bras brillant. La sensibilité littéraire de Dennis ne cessait d'être à l'affût, comme un chien de chasse. Il y avait aux Célestes Pourpris quelque chose qui lui était nécessaire, et que lui seul pouvait découvrir.

Il se trouva enfin au bord d'un lac, peuplé de nénuphars et d'oiseaux aquatiques. Un écriteau disait : « Ici billets pour l'Ile du Lac d'Innisfree », et trois couples de jeunes gens attendaient auprès d'un embarcadère rustique. Dennis prit un billet.

— Un seul ? demanda la dame du guichet.

Les jeunes gens étaient aussi absorbés que lui et chaque couple baignait dans les effluves presque visibles des amours adolescentes. Personne ne fit attention à lui ; une vedette électrique apparut enfin, venant du rivage opposé, et s'arrêta en silence à son ancrage. Ils s'embarquèrent tous ensemble et, après une brève traversée, les couples disparurent dans les jardins. Dennis indécis demeura debout sur la rive.

— Tu attends quelqu'un, mon gars ? lui dit le matelot.

— Non.

— Il n'est pas venu de poule de tout l'après-midi autrement qu'accompagnée. S'il y en avait eu, je l'aurais remarqué. Le monde vient surtout à deux. De temps en temps, il y a un type qui donne rendez-vous ici, mais généralement la poule ne s'amène pas. Moi, je dis qu'il vaut mieux avoir la poule avant de prendre le billet.

— Non, je suis simplement venu écrire un poème, dit Dennis. L'endroit est bien, n'est-ce pas ?

— Je sais pas, mon gars. J'ai jamais écrit de poème. Mais, c'est sûr que c'est arrangé dans le genre poétique. Le nom, c'est d'après une chouette poésie. Il y a des ruches. Un moment y avait aussi des abeilles, mais le monde se faisait toujours piquer, alors maintenant c'est tout mécanique et scientifique ; plus de fesses en capilotade et de la poésie tant qu'on veut.

» Sûr que c'est un endroit poétique pour se mettre dans le trou. Ça coûte près d'un millier de thunes. C'est l'endroit le plus poétique de toute la sacrée machine. J'étais là quand on l'a fait. On croyait que les Irlandais viendraient, mais il paraît que les Irlandais sont poétiques par nature et qu'ils veulent pas payer si cher pour se faire mettre dans le trou. Et puis, comme ils sont catholiques, ils ont une espèce de moche cimetière à eux dans le bas de la ville. Ici, on a surtout les Juifs bien. Ce qui leur plaît, c'est qu'on est chez soi. Tu comprends, l'eau empêche les animaux de passer. Dans les cimetières, les animaux c'est le poison. Le Dr Kenworthy il a fait une astuce dessus à une Assemblée une fois. La plupart des cimetières, qu'il a dit, servent de cabinets aux chiens et de bordel aux chats. C'était tapé, hein ? Le Dr Kenworthy c'est un vrai rigolo quand c'est l'Assemblée.

» Mais sur l'île on n'a pas d'embêtements avec les chats ni les chiens. Le poison, c'est les poules, les poules et les types qui viennent ici en masse se peloter. Faut croire qu'ils se trouvent aussi chez eux, pareil que les chats.

Pendant qu'il parlait, de jeunes couples étaient sortis des bosquets et attendaient qu'il leur fît signe de rembarquer ; ils émergeaient tout juste de leur univers souterrain, enveloppés, tels Paolo et Francesca, d'incandescence amoureuse et d'oubli. Une des jeunes filles faisait des bulles de gomme à mâcher, comme un chameau qui rote, mais le souvenir du plaisir lui donnait de grands yeux élargis et doux.

Par contraste avec les vastes déroulements du parc alentour, l'Ile du Lac faisait intime. Une bordure presque ininterrompue d'arbustes en cachait les rives. Des sentiers d'herbe rase faisaient des méandres entre des touffes de feuillage, débouchaient sur des allées funéraires encloses de toutes parts et se réunissaient enfin au centre d'une clairière où s'élevaient une chaumière de roseaux et de terre battue, neuf rangs de haricots (dont un judicieux système de transplantations permettait d'assurer la constante et rouge floraison) et quelques ruches de paille. Ici le bruit des abeilles ressemblait à celui d'une dynamo, mais partout ailleurs dans l'île il donnait un murmure qu'on pouvait à peine distinguer de l'original.

Les tombes les plus voisines du rucher étaient les plus coûteuses de toutes, mais elles n'étaient pas plus en évidence que les autres partout ailleurs dans le parc ; de simples plaques de bronze, au niveau du gazon, portaient les noms les plus illustres du commerce de Los Angeles. Dennis jeta un coup d'œil à l'intérieur de la cabane, et se retira en s'excusant d'avoir dérangé les occupants, un autre coup d'œil à l'intérieur des ruches, et aperçut au fond le petit œil écarlate qui indiquait que l'appareil du son marchait convenablement.

L'après-midi était chaud; aucun vent n'agitait les feuillages toujours verts ; la paix tombait lentement, doucement, trop doucement pour Dennis.

Il prit un chemin de traverse qui le conduisit bientôt dans une petite impasse de verdure, lieu de repos, disait une plaque de bronze, de la famille d'un grand marchand de fruits. Les Pêches Kaiser Sans Noyau étalaient leurs joues roses dans les vitrines de tous les épiciers du pays. La demi-heure Kaiser, à la radio, répandait Wagner dans toutes les cuisines. Deux Kaiser reposaient déjà là, une femme et une tante. Lorsque les temps seraient accomplis, Kaiser lui-même y reposerait aussi. Un gunnera étendait sur l'herbe ses branches basses. Dennis s'allongea à l'abri de son ombre épaisse. A cette distance, le bruit des ruches approchait de la vraisemblance. La paix se mit à tomber un peu plus vite.

Il avait apporté un crayon et un carnet. Ce n'est pas comme cela qu'il avait écrit les poèmes qui lui avaient valu sa gloire et la singularité de sa situation présente. Ils avaient pris forme dans l'air glacé des voyages en chemin de fer au temps de la guerre : équipements entassés sur les filets, lumières obscurcies inondant une douzaine de genoux, visages invisibles au-dessus, et la fumée des cigarettes qui se mêlait aux haleines glacées; on s'arrêtait sans savoir pourquoi, les gares étaient aussi noires que les quais abandonnés. Il avait écrit ses poèmes dans des baraques Nissen, aux soirs de printemps, sur la lande déserte, à un kilomètre du terrain d'aviation, et sur les bancs de tôle des avions de transport. Ce n'est pas ainsi qu'il écrirait un jour ce qui devait être écrit ; ce n'est pas ici que serait apaisé l'esprit dont la mystérieuse exigence se faisait maintenant plus légère. Ce brûlant après-midi était plus propice aux réminiscences qu'à la création. Les rythmes des poèmes d'anthologie lui revenaient doucement à la mémoire.

Il se mit à écrire :

Portez en terre le grand chevalier,
Les studios le salueront.
Portons en terre le grand chevalier,
Arbitre du roman feuilleton.

Puis :

On m'a dit, Francis Hinsley, on m'a dit que tu t'étais pendu
Les yeux tout rouges et hors de la tête et noire la langue
Nous avions bien ri tous deux de Los Angeles et j'ai pleuré de m'en souvenir.
Et te voilà qui gis ici, mis en conserve au formol ici.
Et peinturluré comme une putain
L'incorruptible rose-crevette, à jamais perdu et parti.

Il leva les yeux vers le toit que formaient les énormes feuilles. Pêche Sans Noyau était bien la métaphore qui convenait pour Frank Hinsley. Dennis se rappela qu'il avait essayé une fois de manger l'un des produits pour lesquels Mr. Kaiser faisait tant de publicité, et qu'il avait découvert une balle d'ouate humide et sucrée. Pauvre Frank Hinsley, tout à fait lui.

Ce n'était pas l'heure d'écrire. La voix de l'inspiration se taisait, la voix du devoir s'étouffait. La nuit viendrait où tous les hommes peuvent travailler. C'était l'heure de regarder les flamants roses et de méditer sur la vie de Mr. Kaiser. Dennis se retourna à plat ventre pour examiner le fac-similé de l'écriture des femmes de la famille. Apparemment aucune personnalité. Kaiser ne devait rien aux femmes. La Pêche Sans Noyau n'appartenait qu'à lui.

Il entendit bientôt des pas approcher et put, sans bouger, reconnaître des pas de femme. Peu à peu apparurent les pieds, les chevilles, les mollets minces et élégamment gainés comme tous ceux du pays. Il se demanda par quoi l'on commençait, dans cette étrange civilisation, si c'était par le pied ou par la chaussure, par la jambe ou par le bas nylon ? Ou bien si ces élégants modèles de jambes étaient en vente dans un étui de cellophane au magasin du coin ? Est-ce qu'un système perfectionné les fixait aux mystères des caoutchoucs aseptisés du dessus ? Est-ce qu'elles provenaient du même rayon que la tête en matière plastique, légère et incassable ? Ou bien l'article, dans son entier, sortait-il tout usiné de la chaîne, prêt à la consommation immédiate ?

Dennis ne bougeait pas, et la jeune fille s'avança à moins d'un mètre de lui, s'agenouilla dans la même ombre et allait s'étendre à ses côtés lorsqu'elle s'écria :

— Oh !

Dennis se mit sur son séant et, tournant la tête, vit la jeune fille de la morgue. Elle portait de très grandes lunettes de soleil, elliptiques et violettes, qu'elle enleva pour le regarder de plus près. Elle le reconnut.

— Oh, je vous demande pardon, dit-elle. N'êtes-vous pas l'ami du Cher Disparu strangulé des Orchidées ? Je n'ai pas la mémoire des visages vivants. Vous m'avez fait peur. Je pensais ne trouver personne ici.

— Est-ce que j'ai pris votre place ?

— Pas exactement. Je veux dire elle n'est ni à vous ni à moi. Elle est à Mr. Kaiser. Mais il n'y a généralement personne à cette heure-ci, alors j'ai pris l'habitude d'y venir après mon travail et j'ai sans doute commencé à croire qu'elle m'appartenait. Je vais aller ailleurs.

— Je vous en prie. C'est moi qui vais m'en aller. Je ne suis venu que pour écrire un poème.

— Vous dites, un poème ?

Il avait donc dit quelque chose. Jusqu'ici elle

l'avait traité avec l'indifférence amicale et impersonnelle qui remplace les politesses dans ce pays d'enfants trouvés.

— Vous avez bien dit un poème ? répéta-t-elle, les yeux agrandis.

— Oui... Je suis poète.

— Mais..., mais je trouve ça merveilleux. Je n'ai encore jamais vu de poète vivant. Est-ce que vous avez connu Sophie Dalmeyer Krump?

— Non.

— Elle est dans le Coin des Poètes maintenant. Elle est arrivée lorsque j'étais encore apprentie cosméticienne, et naturellement on ne m'a pas permis de travailler sur elle. De plus, elle avait passé dans un accident d'autocar et il fallait un traitement spécial. Mais je n'ai pas manqué l'occasion de l'étudier. L'Ame était très marquée chez elle. On peut dire que j'ai appris l'Ame en étudiant Sophie Dalmeyer Krump. Maintenant, chaque fois que nous avons un traitement où il faut particulièrement de l'Ame, Mr. Joyboy me le donne à faire.

— Si je passais, vous me prendriez ?

— Vous seriez très difficile, répondit-elle en l'examinant d'un œil professionnel. Vous n'êtes pas à l'âge qu'il faut pour l'Ame. Elle vient plus naturellement aux très jeunes ou aux très vieux. Mais je ferais certainement de mon mieux. Je trouve que c'est absolument, absolument merveilleux d'être poète.

— Mais l'occupation que vous avez est très poétique.

Il parlait en plaisantant, pour la taquiner, mais elle répondit avec beaucoup de gravité :

— Je sais bien, je sais bien que c'est vrai. Mais quelquefois, à la fin de la journée, quand je suis fatiguée, j'ai l'impression que tout cela est un peu éphémère. Je veux dire que vous et Sophie Dalmeyer Krump, quand vous écrivez un poème on l'imprime, on le lit peut-être à la radio et des millions de gens l'écoutent, et on le lira peut-être encore dans cent ans. Tandis que mon travail est brûlé au bout de quelques heures. S'il ne l'est pas, on le met dans le mausolée et, même là, vous savez, il se détériore. J'y ai vu des maquillages qui n'ont pas dix ans et qui ont tout à fait perdu leurs couleurs. Est-ce que vous croyez que faire une œuvre si peu durable puisse être du grand art ?

— Il faut la considérer comme le théâtre, le chant ou la musique.

— Oui, c'est ce que je fais. Mais, maintenant, cela aussi on peut l'enregistrer, n'est-ce pas ?

— C'est à cela que vous réfléchissez quand vous venez toute seule ici ?

— Pas depuis longtemps. Au début, je m'étendais tout simplement pour penser à la chance que j'avais d'être là.

— Et vous n'êtes plus du même avis ?

— Oh, au fond, si..., le matin et toute la journée pendant que je travaille. C'est seulement le soir qu'il me vient des idées... Il y a beaucoup d'artistes comme ça. Je pense que ça arrive aussi aux poètes, n'est-ce pas ?

— J'aimerais bien que vous me parliez de votre travail, dit Dennis.

— Mais, hier, vous avez vu ce que je fais.

— Je veux dire de vous et de votre travail. Qu'est-ce qui vous l'a fait prendre ? Où l'avez-vous appris ? Est-ce que ces choses-là vous intéressaient quand vous étiez petite ? J'aimerais beaucoup le savoir.

— J'ai toujours été très artiste, répondit-elle. A l'université, j'ai fait l'Art comme matière secondaire pendant un semestre. Papa a perdu tout son argent dans la religion. Alors il a fallu que j'apprenne un métier.

— Il a perdu tout son argent dans la religion ?

— Oui, dans les Quatre Evangiles. C'est pour cela que je m'appelle Aimée, à cause d'Aimée MacPherson. Papa voulait me changer de nom quand il a perdu son argent. Moi aussi je voulais en changer, mais je ne pouvais pas m'en débarrasser. Maman oubliait toujours par quoi on l'avait remplacé et m'en donnait un nouveau. Vous comprenez, une fois qu'on commence à changer de nom il n'y a pas de raison de jamais s'arrêter. On en découvre toujours un qui fait mieux. De plus, ma pauvre maman était alcoolique. Mais on en revenait toujours à Aimée dans l'intervalle des noms de fantaisie, et à la fin c'est Aimée qui a gagné.

— Et qu'est-ce que vous avez fait d'autre à l'université ?

— Rien que la psychologie et le chinois. Le chinois n'a pas tellement bien marché. Mais, naturellement, ce n'était aussi que des matières secondaires, juste pour avoir une Culture.

— Bien sûr. Et votre matière principale ?

— La Beauté.

— Par exemple !

— Mais oui : les permanentes, le massage facial, les masques ; ce qu'on fait dans les instituts de beauté. Mais on avait aussi l'Historique et la Théorie. J'ai fait ma thèse sur « la coiffure en Orient ». C'est pour cela que j'avais choisi le chinois. Je croyais que ça m'aiderait, mais pas du tout. J'ai tout de même obtenu mon diplôme avec mention spéciale de Psychologie et d'Art.

— Et pendant tout le temps que vous faisiez de la psychologie, de l'art et du chinois, vous aviez en vue la morgue ?

— Pas du tout. Vous avez vraiment envie de savoir ? Je vais vous le dire, parce que c'est vraiment une histoire poétique : j'ai passé mes examens en 43 et beaucoup de jeunes filles dans ma classe s'engageaient pour du travail de guerre, mais moi ça ne m'intéressait pas du tout. Ce n'est pas que je manque de patriotisme. Mais simplement les guerres ne m'intéressent pas. Maintenant, tout le monde est comme ça. Eh bien, moi, j'étais comme ça en 43. Alors je suis entrée à l'institut de beauté de l'hôtel Beverley-Waldorf, mais même là il n'y avait pas moyen d'échapper à la guerre. Les clientes semblaient n'avoir rien de mieux dans la tête que des histoires de bombardement.

» Il y en avait une qui était pire que toutes les autres. On l'appelait Mrs. Komstock. Elle venait tous les samedis pour un rinçage au bleu et une mise en plis, et il faut croire que je lui avais plu ; elle me réclamait toujours ; personne d'autre ne lui convenait, mais elle ne me donnait jamais plus d'un quart de dollar de pourboire. Mrs. Komstock avait un fils à Washington et un autre à Delhi, une petite-fille en Italie et un neveu qui était très haut placé et il fallait que j'écoute toutes ses histoires, si bien que j'en venais à redouter le samedi matin plus que tous les autres jours de la semaine. Puis, au bout de quelque temps, Mrs. Komstock est tombée malade, mais je n'en ai pas eu encore fini. Elle me faisait venir chez elle en ville, toutes les semaines, et elle continuait à ne me donner qu'un quart de dollar et à me parler tout aussi abondamment de la guerre, mais avec beaucoup moins de bon sens. Alors imaginez ma surprise quand un jour Mr. Jebb, qui était gérant, m'appela pour me dire : « Miss Thanatogenos, il y a quelque chose que je suis bien ennuyé de vous demander. Je ne sais pas du tout ce que ça vous dira, mais voilà : Mrs. Komstock est morte et son fils de Washington, qui est ici, voudrait que vous coiffiez Mrs. Komstock comme elle l'était d'habitude. Apparemment on n'a pas de photos récentes et personne aux Célestes Pourpris ne connaît sa coiffure, et le colonel Komstock n'arrive pas à la décrire exactement. Alors je me demandais, miss Thanatogenos, si cela vous ennuierait beaucoup de rendre au colonel Komstock le service d'aller aux Célestes Pourpris coiffer Mrs. Komstock comme son fils avait l'habitude de la voir ? »

» Evidemment, je ne savais trop que penser. Je n'avais encore jamais vu de mort parce que papa avait quitté maman avant de mourir, en admettant qu'il soit mort, et que maman était allée dans l'Est le rechercher pendant que j'étais à l'université et qu'elle était morte là-bas. Et je n'avais jamais été à l'intérieur des Célestes Pourpris parce que, quand nous avons perdu notre argent, maman s'est convertie à la Pensée Nouvelle et n'a plus voulu admettre qu'il puisse exister quelque chose comme la mort. Aussi la première fois j'avais un peu peur de venir ici. Mais tout était tellement différent de ce que j'imaginais. Enfin vous avez vu, et vous comprenez. Le colonel Komstock m'a serré la main en disant : « Mademoiselle, ce que vous faites là est vraiment très beau », et m'a donné cinquante dollars.

» Alors on m'a conduite aux salles d'embaumement et j'ai trouvé Mrs. Komstock étendue sur la table en robe de mariée. C'est un spectacle que je n'oublierai jamais. Elle était transfigurée. Il n'y a pas d'autre mot. Depuis j'ai eu le plaisir de montrer leurs Chers Disparus à tant de gens que j'en ai oublié le nombre, mais plus de la moitié ont dit aussi : « Mais, ils sont transfigurés. » Naturellement, elle n'avait pas encore de couleurs et ses cheveux étaient tout en mèches ; elle était blanc pur comme la cire, et si froide et si muette ! Au commencement j'osais à peine la toucher. Alors je lui ai fait son shampoing et son rinçage au bleu et sa mise en plis, comme elle avait l'habitude, tout bouclé et un peu crêpé aux endroits clairsemés. Alors pendant qu'elle séchait, la cosméticienne lui a mis ses couleurs. Elle m'a laissé regarder, et je me suis mise à parler avec elle et elle m'a dit qu'il y avait justement une place libre d'apprentie cosméticienne, alors je suis retournée tout droit donner mon congé à Mr. Jebb. C'était il y a deux ans, ou presque, et depuis j'ai toujours été ici.

— Et vous ne le regrettez pas ?

— Ah ! pas un seul instant. Ce que je viens de dire, que c'est une œuvre éphémère, tous les artistes se le disent quelquefois, n'est-ce pas, vous aussi ?

— J'espère qu'on vous paye plus qu'à l'institut de beauté ?

— Oui, un peu plus. Mais vous comprenez, les Chers Disparus ne donnent pas de pourboires, si bien que ça revient presque au même. Mais je ne travaille pas pour l'argent. Je viendrais volontiers pour rien, mais il faut manger et le Visionnaire tient à ce que nous soyons bien arrangées. C'est l'an dernier seulement que j'ai commencé à aimer vraiment ce travail. Avant j'étais seulement contente de servir des clients qui ne parlaient pas. Puis je me suis peu à peu rendu compte à quel point c'était un travail consolant. C'est une chose merveilleuse de commencer toutes les journées avec la certitude de redonner de la joie aux cœurs meurtris. Naturellement, mon rôle à moi est tout petit. Je ne suis que la servante des morticiens, mais j'ai la satisfaction de montrer le résultat final et d'être le témoin des réactions. Je l'ai vu pour vous, hier. Vous êtes Anglais et vous êtes plutôt peu expansif, mais j'ai bien compris ce que vous éprouviez.

— Il est certain que sir Francis était transfiguré.

— C'est Mr. Joyboy qui m'a pour ainsi dire fait comprendre à quel point les Célestes Pourpris sont une véritable institution. Mr. Joyboy a quelque chose d'un saint. Depuis son arrivée le ton général s'est énormément élevé. Je n'oublierai jamais un matin où Mr. Joyboy a dit à un des jeunes morticiens : « Je vous prierai de vous souvenir, Mr. Parks, que vous n'êtes pas aux Bienheureux Halliers. »

Dennis n'eut pas l'air de reconnaître le nom, mais il éprouva un petit choc de gratitude envers lui-même : au début de leur rencontre, il avait songé à créer des liens entre eux en parlant à la légère de son travail, mais il avait gardé le silence. Aimée ajouta :

— Je suppose que vous n'en avez jamais entendu parler ? C'est un endroit horrible où l'on enterre les chiens.

— Pas du tout poétique ?

— Moi je n'y suis jamais allée mais j'en ai entendu parler. Ils essayent de faire tout comme nous. Ça me paraît un peu sacrilège.

— Et à quoi pensez-vous, quand vous venez toute seule ici le soir ?

— A la Mort et à l'Art, répondit Aimée Thanatogenos avec simplicité.

— *Amoureux à demi d'une sereine mort...*

— Qu'est-ce que vous avez dit ?

— Je citais un poème :

Amoureux à demi d'une sereine mort
Je l'ai doucement appelée en bien des rêves,
Suppliée d'emporter paisiblement mon souffle;
Maintenant plus encor je crois beau de mourir,
Sans souffrance, à minuit de m'arrêter de vivre.

— Vous avez écrit cela ?

Dennis hésita.

— Cela vous plaît ?

— Mais c'est très beau. C'est ce que je me suis dit si souvent et que je n'ai jamais pu exprimer. « Qu'il soit beau de mourir » et « *sans souffrance* s'arrêter de vivre ». C'est exactement pour cela que sont faits les Célestes Pourpris, n'est-ce pas ? Je trouve merveilleux de pouvoir écrire comme cela. Est-ce que vous l'avez écrit après votre arrivée ici ?

— Ç'a été écrit il y a longtemps.

— Ça ne pourrait pas être plus joli si vous l'aviez écrit dans les Célestes Pourpris — et même dans l'Ile du Lac. Est-ce que c'est quelque chose comme cela que vous écriviez quand je suis arrivée ?

— Pas précisément.

De l'autre côté de l'eau le carillon du Beau Beffroi sonna harmonieusement l'heure.

— Six heures. Il faut qu'aujourd'hui je parte de bonne heure.

— Et moi, il faut que je finisse un poème.

— Vous allez rester pour le faire ici ?

— Non, chez moi. Je pars avec vous.

— J'aimerais bien voir le poème quand il sera fini.

— Je vous l'enverrai.

— Mon nom est Aimée Thanatogenos. J'habite tout à côté, mais envoyez-le-moi aux Célestes Pourpris. C'est ma vraie demeure.

Lorsqu'ils regagnèrent la vedette, le marinier lança à Dennis un coup d'œil complice.

— Eh bien, elle est venue tout de même, mon gars, dit-il.

VI

Dans tous les gestes de sa profession, Mr. Joyboy avait de l'allure. Il dépouilla ses gants de caoutchouc comme un héros de Georges Ohnet revenant des écuries, les jeta dans une cuvette et enfila la paire propre que lui tendait son assistant. Puis il prit une carte de visite — dans une des boîtes de cartes en blanc fournies au fleuriste de l'étage au-dessous — et une paire de ciseaux.

D'un seul mouvement, sans se reprendre, il découpa une ellipse, puis pinça un centimètre à chaque extrémité du grand axe. Il se pencha sur le corps, tâta la mâchoire qu'il découvrit solidement prise ; il souleva les lèvres et déposa sa carte contre les dents et les gencives. C'était le grand moment ; son assistant le surveillait avec une admiration toujours renouvelée ; un adroit coup de pouce rabattit les coins de la carte, une caresse du bout des doigts de caoutchouc remit en place les lèvres sèches et décolorées. Et voilà qu'un sourire remplaçait un sévère rictus de souffrance. C'était d'un maître. Il n'y fallait rien de plus. Mr. Joyboy fit un pas en arrière, enleva ses gants et dit :

— Pour Miss Thanatogenos.

***

Dans les dernières semaines les expressions qui accueillaient Aimée sur le trolley avaient passé de la sérénité à la jubilation. D'autres jeunes filles avaient à travailler sur des visages sévères, ou résignés, ou absolument vides d'expression ; mais pour Aimée ils avaient tous le sourire.

On remarqua avec aigreur ces attentions dans les salles des cosméticiennes où l'amour de Mr. Joyboy illuminait les heures de travail de tout le personnel. Le soir tout le monde avait son bon ami et personne ne pensait sérieusement à épouser Mr. Joyboy. Il passait comme un maître au milieu de ses élèves, d'un mot il faisait ici une observation, là un compliment, posait quelquefois doucement la main sur une vivante épaule ou sur une hanche morte ; c'était un héros de roman, l'objet d'un culte que tout le monde partageait, nullement un prix qui pût être remporté par quelqu'un.

Aimée n'était pas non plus tout à fait à l'aise dans sa situation exceptionnelle. Ce matin-là, particulièrement, elle accueillit le salut apporté par un Cher Disparu avec moins de spontanéité, car elle avait pris une décision qui ne pouvait pas avoir, elle le savait bien, l'approbation de Mr. Joyboy.

Il y avait dans le pays un directeur spirituel, un oracle, qui tenait une rubrique célèbre dans un des journaux locaux. Jadis, au temps où l'on avait de la piété familiale, cela s'appelait : « Le courrier de Tante Lydie » ; cela s'intitulait maintenant : « La sagesse du brahmane Guru », et s'ornait de la photo d'un sage barbu et presque nu. C'est à cette exotique fontaine que se réconfortaient tous ceux qui étaient dans le doute ou dans le désespoir.

On pourrait croire qu'à la pointe extrême du Nouveau Monde le manque de cérémonie dans les façons et la franchise dans les paroles ne laissaient pas de place au doute, ni la bonne humeur générale au désespoir. Mais pas du tout : le savoir-vivre, la psychologie enfantine, l'esthétique et les problèmes sexuels montraient aussi le bout de l'oreille dans cet Eden et soulevaient mille questions. Le brahmane

Guru offrait à tous les lecteurs solutions et consolations.

Aimée s'était adressée à lui quelque temps auparavant quand les sourires avaient commencé à n'être plus équivoques. Ce n'étaient pas les intentions de Mr. Joyboy qui la préoccupaient, mais les siennes. La réponse n'avait pas été bien satisfaisante :

Non, A. T., je ne crois pas que vous soyez amoureuse ; pas encore. Estimer le caractère de quelqu'un et admirer ses capacités professionnelles peut être la base d'une amitié profitable, mais ce n'est pas l'amour. Ce que vous nous dites de vos sentiments en sa présence ne nous incite pas à croire qu'il existe entre vous une affinité physique ; pas encore. Mais souvenez-vous que souvent l'amour vient tard. Nous connaissons des cas où l'amour véritable ne s'est manifesté qu'après plusieurs années de mariage et la naissance de l'héritier. Fréquentez beaucoup votre ami. L'amour peut venir.

C'était avant que Dennis Barlow lui eût apporté de nouveaux motifs de perplexité. Il y avait maintenant six semaines qu'elle l'avait rencontré à l'Ile du Lac, et le matin, en allant travailler, elle avait mis à la poste une lettre qu'elle avait passé la moitié de la nuit à écrire.

C'était d'ailleurs la plus longue lettre qu'elle eût jamais écrite :

Cher brahmane Guru,

Vous vous rappelez peut-être que je vous ai écrit en mai dernier pour vous demander conseil. Cette fois-ci je joins à ma lettre une enveloppe avec l'adresse et le timbre pour que vous me répondiez directement, parce que je vais dire des choses auxquelles je ne voudrais pas qu'il soit fait allusion dans le journal.

Je vous en prie, répondez-moi par retour du courrier ou de toute façon aussi vite que vous pourrez, parce que je suis très ennuyée et qu'il faut absolument que je prenne bientôt une décision.

Au cas où vous ne vous en souviendriez pas, je vous rappelle que je travaille dans la même entreprise qu'un homme qui est chef du service et qui a la plus extraordinaire personnalité. Etre en rapport avec quelqu'un d'aussi raffiné et qui réussit si bien, qui est tout naturellement un chef, qui est un artiste et un modèle de bonne éducation, c'est un grand privilège. Il m'a fait comprendre par toutes sortes de petits signes qu'il me préfère aux autres jeunes filles, et bien qu'il ne m'ait encore rien dit, parce que ce n'est pas son genre de parler à la légère, je suis sûre que ses intentions sont honorables.

Mais quand je suis avec lui, je n'ai pas les sentiments que les autres filles disent éprouver quand elles sont avec leurs amoureux, ni ce qu'on voit au cinéma.

Seulement je crois que j'ai ces sentiments-là pour quelqu'un d'autre qui est loin d'être aussi admirable. D'abord il est Anglais et, par conséquent, dans bien des choses, pas du tout Américain. Je ne parle pas de son accent ni de sa façon de manger, mais il est très cynique pour des choses qui devraient être sacrées. Je ne crois pas qu'il ait du tout de religion. Moi non plus, parce qu'à l'université j'avais des idées avancées et que, pour la religion et bien d'autres choses aussi, mon enfance a été malheureuse, mais j'ai de la morale. (Comme je vous écris confidentiellement, je peux bien ajouter que ma mère était alcoolique, ce qui m'a rendue peut-être plus sensible et plus réservée que les autres jeunes filles.) Il n'a aucune idée non plus du rôle du citoyen ni aucune conscience sociale. Il est poète et a eu un livre imprimé en Angleterre et très bien accueilli par les critiques d'ici. J'ai vu le livre et quelques-unes des critiques, alors je sais que c'est vrai, mais il est très mystérieux sur ses occupations. Quelquefois il parle comme s'il était dans le cinéma et d'autres fois comme s'il ne faisait rien d'autre qu'écrire de la poésie. J'ai vu sa maison. Il vit tout seul parce que l'ami avec lequel il vivait a passé il y a six semaines. Je ne crois pas qu'il sorte avec d'autres jeunes filles ni qu'il soit marié. Il n'a pas beaucoup d'argent. Il a un air extrêmement distingué dans un genre américain, et il est très amusant quand il n'est pas irrespectueux. Par exemple il est très irrespectueux pour les Œuvres d'Art dans le parc des Célestes Pourpris, que moi je crois un résumé de tout ce qu'il y a de plus beau dans la vie américaine. Alors quel espoir y a-t-il là de bonheur véritable ?

Et puis il n'est pas du tout cultivé. D'abord j'ai cru qu'il l'était forcément puisqu'il est poète et qu'il a été en Europe et a vu l'Art qu'il y a là-bas, mais beaucoup de nos plus grands auteurs ont l'air de lui être inconnus.

Il est quelquefois très doux et très tendre, puis tout d'un coup il devient immoral et me rend immorale aussi. Aussi vos conseils me seraient-ils très précieux. J'espère que cette longue lettre ne vous a pas ennuyé.

Cordialement à vous.

Aimée Thanatogenos.

Il a écrit une série de poèmes pour moi, quelques-uns très beaux et tout à fait moraux, mais d'autres pas tellement.

La pensée que cette lettre était à la poste pesait sur la conscience d'Aimée et elle se sentit soulagée quand la matinée se fut écoulée sans autre manifestation de la part de Mr. Joyboy que le sourire habituel de bienvenue sur le trolley. Elle s'activa à sa peinture tandis qu'aux Bienheureux Halliers Dennis Barlow s'affairait aussi.

Les deux fours étaient allumés et ils avaient à incinérer six chiens, un chat et une chèvre. Aucun des propriétaires n'était là. Mr. Schultz et lui purent travailler sans perte de temps. Le chat et les chiens étaient l'affaire de vingt minutes. Dennis ratissa les cendres encore rougeoyantes et les mit à refroidir dans les seaux étiquetés. La chèvre prit environ une heure. Dennis la surveillait de temps en temps par la vitre de verre réfractaire, et finit par écraser le crâne cornu à coups de tisonnier. Puis il ferma le gaz, laissa les portes ouvertes et se mit à préparer les récipients. Un seul propriétaire s'était laissé persuader d'acquérir une urne.

— Je m'en vais maintenant, dit Mr. Schultz. Vous voudrez bien attendre que tout soit refroidi pour faire l'emballage ? Tout est à livrer à domicile, sauf le chat qui va au columbarium.

— O. K., Mr. Schultz. Et la carte pour la chèvre ? Difficile de dire qu'elle agite la queue au ciel. Les chèvres n'agitent pas la queue.

— Si, quand elles font leurs crottes.

— Peut-être, mais ça ne ferait pas bien sur la carte. Elles ne peuvent pas ronronner comme les chats. Elles ne peuvent pas chanter comme les oiseaux.

— Je suppose qu'elles peuvent se souvenir et puis c'est tout.

Dennis écrivit donc : *Ce soir, votre Billy se souvient de vous au ciel.*

Il remua les petits tas gris et fumants au fond des seaux. Puis il retourna à son bureau et se remit à chercher dans l'*Anthologie poétique d'Oxford* un poème pour Aimée. Il n'avait pas beaucoup de livres et commençait à être à court de ressources. Il avait d'abord essayé d'écrire lui-même des poèmes pour elle, mais elle avait marqué une préférence pour les anciens maîtres. En outre, la muse le harcelait. Il avait abandonné le poème qu'il y a longtemps, au temps de Frank Hinsley, il écrivait. Ce n'était pas cela que la muse voulait. Il y avait un très long et très important message qu'elle essayait de lui transmettre. Il s'agissait des Célestes Pourpris, mais non pas d'Aimée, sinon tout à fait indirectement. Tôt ou tard il faudrait apaiser la muse. Elle passait en premier. En attendant, Aimée puiserait dans le fourre-tout des anthologies.

Il fut, une fois, tout près d'être découvert quand elle fit la réflexion que :

Je te compare aux jours d'été

lui rappelait quelque chose qu'elle avait appris en classe, et il fut une autre fois menacé de déshonneur quand elle décréta que

Dessus ta couche à minuit gisant

était immoral.

Voici que dort la blanche rose,
Voici que dort la cramoisie

avait touché en plein dans le mille, mais il ne connaissait pas beaucoup de poèmes aussi somptueux, aussi purs et voluptueux. Les poètes anglais se révélaient des guides peu sûrs dans le labyrinthe des amours californiennes : ils étaient presque tous trop détachés, trop découragés, trop cérémonieux ou trop exigeants ; ils passaient des reproches aux supplications ou aux louanges. Dennis avait besoin de l'art du vendeur ; il cherchait à présenter à Aimée une image irrésistible, non pas tellement de sa valeur à elle, ni même de sa valeur à lui, mais de l'immensité du plaisir qu'il offrait.

Les films y parvenaient, les chanteurs de charme aussi, mais non pas, apparemment, les poètes anglais.

Au bout d'une demi-heure, il abandonna ses recherches. Les deux premiers chiens étaient prêts à être emballés. Il secoua la chèvre, qui rougeoyait encore sous des cendres blanches et grises. Aimée n'aurait pas de poème aujourd'hui. A la place, il l'emmènerait au Planetarium.

⁂

Les embaumeurs avaient le même menu que tout le personnel de la morgue, mais ils mangeaient à part, à une table de milieu sur laquelle une tradition récente, mais sacrée, voulait qu'ils fissent une partie de dés; le perdant payait la note des autres. Mr. Joyboy joua, perdit, et s'acquitta avec bonne humeur. Tout le monde au bout du mois se trouvait à peu près à égalité. L'intérêt du jeu était de démontrer qu'ils étaient tous hommes à ne pas se préoccuper beaucoup d'une petite différence de dix à vingt dollars à la fin de la semaine.

Mr. Joyboy s'attarda à la porte de la cantine, en suçant un bonbon digestif. Les jeunes filles sortaient une à une ou deux par deux en allumant des cigarettes ; seule, au milieu d'elles, Aimée ne fumait pas. Mr. Joyboy la prit à part et l'emmena dans le jardin à la française. Ils s'arrêtèrent près d'un groupe allégorique qui représentait l'« Enigme de l'Existence ».

— Je voudrais vous dire, miss Thanatogenos, dit Mr. Joyboy, combien je suis content de votre travail.

— Je vous remercie, Mr. Joyboy.

— J'en ai parlé hier au Visionnaire.

— Oh, je vous remercie, Mr. Joyboy.

— Depuis quelque temps, miss Thanatogenos, le Visionnaire pense à l'avenir. Vous savez comme il sait penser à l'avenir. C'est un homme dont l'imagination est sans bornes. Il estime que le temps est venu où les femmes doivent prendre la place à laquelle elles ont droit aux Célestes Pourpris. Elles se sont acquittées des tâches les plus humbles d'une manière qui prouve qu'elles sont dignes des tâches les plus élevées. En outre, il est persuadé qu'il y a beaucoup de gens d'une sensibilité délicate qui se trouvent empêchés d'accomplir leur devoir envers leurs Chers Disparus par ce que je ne peux appeler que de la pruderie, mais que le Dr Kenworthy estime être une répugnance toute naturelle ; ils ne veulent pas exposer leurs Chers Disparus à rien qui soit le moins du monde suspect d'immodestie. Bref, miss Thanatogenos, le Visionnaire a l'intention de former un embaumeur femme, et son choix, plein de sagesse, s'est porté sur vous.

— Oh ! Mr. Joyboy.

— Ne dites rien. Je comprends vos sentiments. Puis-je lui dire que vous acceptez ?

— Oh ! Mr. Joyboy.

— Et maintenant, si vous voulez bien me permettre d'introduire le facteur personnel, ne croyez-vous pas qu'il faille un peu fêter cela ? Me feriez-vous l'honneur de dîner avec moi, ce soir ?

— Oh ! Mr. Joyboy, je ne sais que vous dire. J'avais déjà plus ou moins un rendez-vous.

— Mais vous ne saviez pas la nouvelle. Je pense que ça change bien des choses. De plus, miss Thanatogenos, il n'était pas dans mes intentions que nous fussions seuls. Je voudrais vous inviter chez moi. Je réclame comme un droit le grand privilège et le grand plaisir de présenter le premier embaumeur femme des Célestes Pourpris à ma Petite Mère.

⁂

La journée fut fertile en émotions. Tout l'après-midi Aimée fut incapable de consacrer toute son attention à son travail. Heureusement, il y avait peu de choses importantes à faire. Elle aida la jeune fille du box voisin à coller un postiche sur un crâne plus glissant que d'habitude ; elle passa à la hâte un pinceau chargé de couleur chair sur un bébé de sexe masculin ; mais elle avait sans cesse l'esprit dans la salle des embaumeurs ; elle guettait le grondement et le sifflement des robinets, les allées et venues des garçons qui portaient des cuvettes couvertes, les voix qui réclamaient tout bas une ligature ou une suture. Elle n'avait jamais pénétré derrière les rideaux de moleskine qui abritaient les salles d'embaumement ; bientôt elle y circulerait librement.

A quatre heures, la cosméticienne en chef lui dit de ranger ses affaires. Elle remit en place avec le soin habituel ses peintures et ses flacons, lava ses pinceaux et alla se changer au vestiaire.

Elle avait rendez-vous avec Dennis, au bord du Lac. Il la fit attendre et, quand il apprit qu'elle allait dîner avec quelqu'un d'autre, il accueillit la nouvelle avec une tranquillité exaspérante.

— Avec le Joyboy ? dit-il. Eh bien, ça promet d'être drôle !

Mais elle était si bouleversée par sa nouvelle qu'elle ne put s'empêcher de la lui dire.

— Mais, dites donc, répondit-il, c'est quelque chose. Ça va chercher combien ?

— Je ne sais pas. Je n'ai pas posé la question.

— C'est sûrement du beau. Croyez-vous que ça fasse du cent dollars par semaine ?

— Oh, je ne crois pas que personne, sauf Mr. Joyboy, ait autant.

— Eh bien, au moins cinquante. Cinquante, ce n'est pas mal. On pourrait se marier avec ça.

— Et, s'il vous plaît, qu'est-ce qui vous fait croire que je vous épouserais ?

— Mais, ma chère amie, il n'y a que la question d'argent qui me retenait. Maintenant que vous pouvez m'entretenir, il n'y a rien qui nous arrête.

— Un Américain qui se ferait entretenir par sa femme se mépriserait.

— Oui, mais moi je suis européen. Nous n'avons pas de préjugés de ce genre dans les vieilles civilisations. Je ne dis pas que cinquante dollars ce soit beaucoup, mais je suis prêt à me passer de bien des choses.

— Je vous trouve absolument méprisable.

— Ne faites pas l'idiote... Voyons, vous n'êtes pas furieuse pour de vrai ?

Si, Aimée était furieuse pour de vrai. Elle le quitta brusquement, et le soir, avant d'aller dîner, elle griffonna rapidement un mot au brahmane Guru :

Je vous en prie, ne prenez pas la peine de répondre à ma lettre de ce matin. Maintenant, je sais où j'en suis.

Et elle l'envoya par exprès au bureau du journal.

D'une main ferme, Aimée s'acquitta des rites prescrits à la jeune fille américaine qui se prépare à rejoindre son amoureux : elle se tamponna le dessous des bras avec une préparation destinée à fermer les glandes sudoripares, se gargarisa avec une autre préparation pour adoucir l'haleine, et se brossa les cheveux après y avoir répandu quelques gouttes de parfum ; le flacon était étiqueté : « Poison de la Jungle. »

Des profondeurs du marécage infesté par les fièvres, disait la réclame, *où les tam-tams résonnent pour le sacrifice humain, la dernière création de Jeannette, « Poison de la Jungle », vous apporte l'audace et la ruse du cannibale sur le sentier de la guerre.*

Ainsi parfaitement équipée pour une soirée bourgeoise, l'esprit en paix, Aimée attendit l'harmonieux : « Ohé, voilà ! » de Mr. Joyboy à la porte d'entrée. Elle était toute prête à accepter ce qui était manifestement son destin.

Mais la soirée ne se passa pas tout à fait comme elle l'avait espéré. Dans l'ensemble ce fut très au-dessous de ce qu'elle attendait. Aimée sortait rarement, en réalité presque jamais, et pour cette raison se faisait peut-être des idées exagérées. Elle savait que Mr. Joyboy était dans sa profession un personnage très brillant, qu'il faisait régulièrement des articles dans *Le Coffret*, qu'il était intime avec le Dr Kenworthy, unique soleil de la morgue. Elle avait, retenant son souffle, dessiné de son pinceau trempé de vermillon les courbes inimitables du travail sorti des mains de ce maître. Elle savait qu'il était membre du Rotary Club et Chevalier de Pythias ; il avait des vêtements et une voiture dont l'état de neuf était irréprochable, et elle supposait que lorsqu'il partait ainsi en voiture pour rentrer dans la vie privée, il y fréquentait un univers infiniment plus élégant que tout ce qu'elle connaissait. Mais pas du tout.

Ils roulèrent longtemps sur le Santa Monica Boulevard avant de pénétrer dans un lotissement. Ce n'était pas un quartier impressionnant, il semblait avoir eu des malheurs. Beaucoup de lots étaient vides, mais ceux qui étaient bâtis n'étaient plus de première fraîcheur et le bungalow de bois où ils finirent par s'arrêter ne se distinguait en rien des autres. La vérité c'est que les morticiens, même éminents, ne sont pas payés comme des vedettes de cinéma.

En outre, Mr. Joyboy était prudent. Il mettait de l'argent de côté et payait une police d'assurance. Il cherchait à faire bonne impression dans le monde. Un jour, il aurait une maison et des enfants. En attendant, tout ce qui n'était pas dépensé pour la représentation, tout ce qui était dépensé pour Petite Mère, c'était de l'argent fichu.

— Je n'arrive jamais à m'occuper du jardin, dit Mr. Joyboy comme s'il se rendait vaguement compte qu'il y avait quelque critique inexprimée dans le coup d'œil d'Aimée. Ici ce n'est qu'un petit truc que j'ai pris très vite pour installer Petite Mère quand nous sommes arrivés dans l'Ouest.

Il ouvrit la porte d'entrée, fit un pas en arrière pour laisser passer Aimée, et derrière elle se mit à vocaliser très haut :

— Yoho ! Petite Mère ! Nous voilà !

De mâles accents menaçants remplissaient la petite maison. Mr. Joyboy ouvrit une porte et introduisit Aimée à la source même du désagrément, un poste de radio posé sur la table au milieu d'un banal living-room. Mrs. Joyboy était assise tout près du poste.

— Asseyez-vous sans bruit, dit-elle, le temps que ça finisse.

Mr. Joyboy fit un clin d'œil complice à Aimée :

— La vieille dame n'aime pas manquer les commentaires politiques, dit-il.

— Sans bruit ! répéta avec fureur Mrs. Joyboy.

Ils restèrent assis dix minutes, au bout desquelles le torrent de rauques et inexactes informations fut remplacé par une voix plus douce qui recommandait une marque de papier hygiénique.

— Tourne le bouton ! dit Mrs. Joyboy. Eh bien, il dit qu'on aura encore la guerre cette année.

— Petite Mère, voici Aimée Thanatogenos.

— Très bien. Le dîner est dans la cuisine. Vous pourrez le prendre quand vous voudrez.

— Avez-vous faim, Aimée ?

— Non, enfin oui. Un peu, je crois.

— Allons voir quelle surprise la petite dame nous a préparée.

— Ce que tu prends toujours, répliqua Mrs. Joyboy. Je n'ai pas le temps de faire de surprises.

Mrs. Joyboy se retourna dans son fauteuil vers un objet étrangement voilé posé près de son autre coude. Elle tira les franges d'un châle, découvrit une cage, et, dans la cage, un perroquet presque entièrement déplumé.

— Sambo, dit-elle d'un ton engageant, Sambo.

L'oiseau pencha la tête de côté et cligna des yeux.

— Sambo, répéta-t-elle. Tu vas bien me parler ?

— Mais, Petite Mère, tu sais bien qu'il y a des années que cet oiseau ne parle pas.

— Il parle bien quand tu n'es pas là. N'est-ce pas mon Sambo ?

L'oiseau pencha la tête de l'autre côté, cligna des yeux, et tout d'un coup hérissa ses rares plumes et se mit à siffler comme une locomotive.

— Là, dit Mrs. Joyboy, si je n'avais pas Sambo pour m'aimer je ferais aussi bien d'être morte.

Il y avait de la soupe au vermicelle en conserve, une jatte de salade avec du crabe de conserve pilé, il y avait des glaces et du café. Aimée aida à porter les plateaux. Aimée et Mr. Joyboy enlevèrent la radio et mirent la table. Mrs. Joyboy les surveillait avec malveillance de son fauteuil. Les mères des grands hommes déconcertent souvent les admiratrices de leurs fils. Mrs. Joyboy avait de petits yeux coléreux, des cheveux crépelés, un pince-nez sur un très large nez, un corps informe et des vêtements qui étaient vraiment atroces.

— Ce n'est pas comme ça et ce n'est pas ici qu'on avait l'habitude de vivre, dit-elle. Nous étions dans l'Est et, si on m'avait écoutée, on y serait encore. Nous avions une petite mulâtresse dans le Vermont qui venait régulièrement : quinze dollars par semaine, et bien contente. On ne trouve pas ça ici. On ne trouve rien ici. Regardez cette laitue ! D'où nous venons, il y a plus de choses et elles sont meilleur marché, et elles sont mieux qu'ici. Ce n'est pas qu'on ait jamais eu grand-chose, vu ce qu'on me donne pour le ménage.

— Petite Mère aime bien à plaisanter, dit Mr. Joyboy.

— Plaisanter ! Si c'est plaisanter que de faire marcher la maison avec ce qu'on me donne, et encore amener des invités. Puis, en dévisageant Aimée, elle ajouta : Et les filles savent travailler dans le Vermont.

— Aimée travaille beaucoup, Petite Mère, je t'ai raconté.

— Du travail comme ça, c'est du propre. Si j'avais une fille, je ne le lui permettrais pas. Où est votre mère ?

— Elle est allée dans l'Est. Je crois qu'elle est morte.

— Vaut mieux être morte là-bas que vivante ici... Que croyez-vous ? La voilà l'affection des enfants d'aujourd'hui.

— Ecoute, Petite Mère, tu n'as pas le droit

de dire des choses comme ça. Tu sais bien que j'ai beaucoup...

Un peu plus tard, l'heure vint enfin où Aimée put décemment s'en aller. Mr. Joyboy la reconduisit à la barrière.

— Je vous ramènerais bien en voiture, dit-il, mais ça m'ennuie de laisser Petite Mère. L'autobus passe au coin. Vous vous arrangerez très bien.

— Oh, je m'arrangerai très bien, répondit Aimée.

— Vous avez fait la conquête de Petite Mère.

— Vous croyez ?

— Mais bien sûr. Je la connais. Quand les gens lui plaisent à Petite Mère, elle les traite toujours sans façon, comme elle me traite moi.

— Elle m'a certainement traitée sans façon.

— Et comment ! Oui, il n'y a pas d'erreur, elle vous a traitée sans façon. Vous avez certainement beaucoup impressionné Petite Mère.

Le soir même, avant de se coucher, Aimée écrivit encore une autre lettre au brahmane Guru.

VII

Le brahmane Guru, c'était deux hommes sans gaîté et une jeune et vive secrétaire. L'un des hommes écrivait la rubrique, l'autre, un Mr. Slump, répondait aux lettres qui exigeaient une réponse à domicile. Avant qu'ils fussent arrivés à leur travail, la secrétaire avait classé les lettres sur leurs bureaux respectifs. Mr. Slump, qui était une survivance de l'époque de Tante Lydie et qui en avait gardé le style, avait généralement la plus petite pile, car les correspondants du brahmane Guru aimaient bien que leurs cas de conscience fussent exposés au public. Cela leur donnait un plus grand sentiment de leur importance, et aussi, à l'occasion, les faisait entrer en relation avec d'autres lecteurs.

Le papier à lettres d'Aimée sentait encore le parfum du « Poison de la Jungle ».

Mr. Slump, allumant une nouvelle cigarette à celle qu'il venait de finir — il fumait sans arrêt — se mit à dicter :

Chère Aimée, je suis un tout petit peu ennuyé du ton de votre dernière lettre.

Les cigarettes que fumait Mr. Slump étaient préparées par des médecins, disaient les réclames, et avaient pour unique objet de protéger le système respiratoire. Néanmoins, Mr. Slump n'arrêtait pas de souffrir abominablement, et sa secrétaire aussi. Car tous les jours, au début de la matinée, il était pendant quelques heures la proie d'une toux qui semblait venir de profondeurs infernales et ne cédait qu'au whisky. Dans les mauvais jours, la malheureuse secrétaire avait l'impression que Mr. Slump était sur le point de vomir. C'était justement un mauvais jour. Mr. Slump cracha, frissonna et s'essuya le visage avec son mouchoir.

Une jeune fille américaine qui aime son foyer ne devrait rien trouver à redire à l'accueil que vous me décrivez. Votre ami vous faisait le plus grand honneur dont il fût capable en vous invitant à faire la connaissance de sa mère, et elle ne serait pas une mère au vrai sens du mot si elle n'avait pas désiré vous voir. Le temps viendra, Aimée, où votre fils amènera chez vous une étrangère. Et je ne crois pas non plus que le fait d'aider sa mère au ménage soit pour lui une mauvaise note. Vous dites qu'avec son tablier il manquait de dignité. Mais, assurément, le comble de la vraie dignité, c'est d'aider autrui sans se soucier des conventions. La seule explication de votre changement d'attitude, c'est que vous ne l'aimez pas comme il est en droit de s'y attendre, auquel cas vous devriez le lui dire franchement à la première occasion.

Vous vous rendez bien compte des défauts de l'autre ami dont vous parlez et je suis convaincu que votre bon sens saura faire la différence entre la belle apparence et la vraie valeur. Les poèmes sont des choses charmantes mais, à mon avis, l'homme qui prend avec bonne humeur sa part des humbles corvées ménagères vaut bien une douzaine de poètes beaux parleurs.

— Est-ce que j'y vais trop fort ?

— Vous y allez sûrement fort, Mr. Slump.

— Au diable, j'en ai marre ce matin. D'ailleurs la fille a l'air d'une belle garce.

— On a l'habitude.

— Oui. Eh bien, adoucissez un peu. En voilà

une autre de la femme qui se ronge les ongles. Qu'est-ce qu'on lui a conseillé la dernière fois ?

— Une méditation sur le Beau.

— Dites-lui de continuer à méditer.

A six kilomètres de là, dans la salle des cosmétiques, Aimée interrompit son travail pour relire le poème qu'elle avait reçu le matin de Dennis.

Dieu lui fit de larges yeux
Puis il les peignit de feux.
Ils rallument les cendres de mon cœur
Aux braises du désir...
Son corps est fleur, et ses cheveux
Autour de son cou jouent ;
Partout je retrouve ses couleurs
Qui sont l'orgueil du jour.

Ses petites mains sont douces et quand
Je vois remuer ses doigts
En vérité je sais et sens
Qu'on peut mourir sans amour.
Ah, chère et douce et vivante. Mes yeux
T'ont poursuivie comme une prière...

Une larme solitaire coula le long de la joue d'Aimée et tomba sur le souriant masque de cire sur lequel elle était penchée. Elle rangea le manuscrit dans la poche de sa blouse de toile et ses douces petites mains commencèrent à s'agiter sur le visage mort.

***

Aux Bienheureux Halliers, Dennis dit :

— Mr. Schultz, je voudrais améliorer ma situation.

— Ce n'est pas possible, pas maintenant. L'affaire n'a pas l'argent qu'il faut. Vous le savez aussi bien que moi. Vous gagnez cinq dollars de plus que le type qui était avant vous. Je ne dis pas que vous ne les valiez pas, Dennis. Si les affaires marchent mieux, vous serez le premier à être augmenté.

— Je songe à me marier. Ma bonne amie ne sait pas que je travaille ici. Elle est romantique. Je crois qu'elle ne penserait pas beaucoup de bien du métier.

— Vous avez quelque chose de mieux en vue ?

— Non.

— Alors, il n'y a qu'à lui dire de laisser tomber le romantisme. Quarante dollars par semaine, régulièrement, c'est quarante dollars.

— Sans l'avoir désiré, je suis devenu le protagoniste d'un problème de Henry James.

Est-ce que vous lisez quelquefois du Henry James, Mr. Schultz ?

— Vous savez que je n'ai pas le temps de lire.

— Vous n'avez pas besoin d'en lire beaucoup. Toutes ses histoires ont le même thème : l'innocence des Américains et l'expérience des Européens.

— Il se croit plus malin que nous, hein ?

— C'est lui l'Américain innocent.

— Eh bien, je n'ai pas de temps à perdre avec des types qui débinent leurs copains.

— Oh, il ne les débine pas. Ses histoires tournent toujours au tragique.

— Eh bien, je n'ai pas non plus de temps à perdre avec du tragique. Prenez un bout de ce coffre. Nous n'avons qu'une demi-heure avant l'arrivée du pasteur.

Il y avait, ce matin-là, un enterrement avec tout le cérémonial, le premier depuis un mois. En présence d'une douzaine d'assistants en deuil, on déposa dans une tombe tapissée de fleurs le cercueil d'un berger alsacien. Le Révérend Errol Bartholomew lut le service :

« Le chien qui est né de chienne ne vit que peu de jours et est sujet au malheur. Il vient, et il est fauché comme les fleurs ; il passe comme une ombre et ne demeure pas... »

Plus tard, dans le bureau, en donnant son

chèque à Mr. Bartholomew, Dennis lui demanda :

— Dites-moi, comment devient-on pasteur non-sectarien ?

— On a la Vocation.

— Oui, bien sûr ; mais après la Vocation, comment procède-t-on. Je veux dire, y a-t-il un évêque non-sectarien qui vous ordonne ?

— Certainement non. Quiconque a reçu la Vocation n'a besoin d'aucune intervention humaine.

— Vous vous contentez de déclarer un jour : « Je suis pasteur non-sectarien » et d'ouvrir boutique ?

— Il y a une mise de fonds considérable. Il vous faut des bâtiments. Mais les banques sont généralement prêtes à vous aider. Puis, naturellement, on cherche à faire des fidèles à la Radio.

— Un de mes amis a la Vocation, Mr. Bartholomew.

— Eh bien, je lui conseillerais de réfléchir à deux fois avant d'y répondre. La concurrence devient tous les ans plus aiguë, surtout à Los Angeles. Quelques-uns des derniers venus ne reculent devant rien, pas même devant la psychanalyse et les tables tournantes.

— C'est ennuyeux.

— Rien dans les Ecritures ne l'autorise.

— Mon ami pensait à se spécialiser dans le travail funéraire. Il y possède des relations.

— De la petite bière, Mr. Barlow. Il y a beaucoup plus à faire avec les mariages et les baptêmes.

— Mon ami n'a pas les mêmes sentiments pour ce qui est des mariages et des baptêmes. Ce qui lui faut, c'est de la Classe. Vous êtes bien d'avis, n'est-ce pas, qu'un pasteur non-sectarien est socialement parlant l'égal d'un embaumeur ?

— Certainement, Mr. Barlow. Il y a dans les cœurs américains un profond respect pour les ministres de la religion.

⁂

La Petite Chapelle du Bon Vieux Temps est située à une extrémité du Parc, hors de vue de l'église de l'Université et du Mausolée. C'est un bâtiment bas, sans tour et sans décoration, qui veut être charmant plutôt qu'imposant ; il est dédié à la mémoire de Robert Burns et de Harry Lauder, dont quelques souvenirs sont exposés dans une annexe. Seul le tapis écossais met une note de couleur à l'intérieur. La bruyère, qu'on avait à l'origine plantée autour des murailles, avait si bien poussé et grandi au soleil de Californie, avait tellement outrepassé les rêves du Dr Kenworthy qu'il finit par la faire arracher et par faire niveler, paver et clore de murs l'espace environnant, ce qui lui donnait l'allure d'une cour d'école et convenait parfaitement aux hautes traditions éducatives de la race à laquelle la chapelle était consacrée.

Mais une simplicité sans ornements aussi bien qu'une aveugle fidélité étaient également étrangères aux goûts du Dr Kenworthy. Il trouva du nouveau ; deux ans avant l'arrivée d'Aimée aux Célestes Pourpris, il créa dans ce lieu austère un Coin des Amoureux ; rien de voluptueux ni de comparable à l'Ile du Lac, rien qui invitât aux promenades poétiques, mais ce qui lui paraissait parfaitement écossais : un endroit où conclure un marché et signer un contrat. Cela consistait en un double trône de granit grossièrement taillé. Entre les deux sièges ainsi formés s'élevait une dalle percée d'une ouverture en forme de cœur. Il y avait au dos l'inscription suivante :

LE SIEGE DES AMOUREUX

CE SIEGE EST FAIT D'AUTHENTIQUE VIEILLE PIERRE ECOSSAISE PROVENANT DES HAUTES TERRES D'ABERDEEN. ON Y A INCORPORE L'ANCIEN SYMBOLE DU CŒUR DE BRUCE. D'APRES LA TRADITION DES LANDES, LES AMOUREUX QUI ECHAN-

GENT LEURS SERMENTS SUR CE SIEGE ET UNISSENT LEURS BOUCHES A TRAVERS LE CŒUR DE BRUCE PASSERONT MOULT HEUREUX JOURS ENSEMBLE ET FINIRONT LEUR VIE LA MAIN DANS LA MAIN COMME L'IMMORTEL COUPLE ANDERSON.

Les mots du serment prescrit étaient taillés sur la marche si bien que le couple assis pouvait les réciter commodément :

LES MERS UN JOUR SANS EAU SERONT
ET LES DURS ROCHERS AU SOLEIL FON-
[DRONT
LES SABLES DE VIE DE NOS MAINS FUI-
[RONT
MAIS JE T'AIMERAI TOUJOURS
MON AMOUR.

L'idée fut du goût du public et le lieu est très fréquenté. Rien n'y attire les flâneurs. La cérémonie ne dure même pas une minute et presque tous les soirs on peut voir des couples qui attendent leur tour. D'étranges accents s'exercent sur ce texte et des lèvres hésitantes de Baltes, de Slaves et de Juifs lui confèrent un peu le prestige d'un charabia sanctifié. On s'embrasse à travers l'ouverture et l'on cède sa place au couple suivant — la plupart du temps en silence tant on est impressionné par le mystère que l'on vient d'accomplir. Aucun chant d'oiseaux ici. Mais le miaulement des cornemuses dans les pins et dans ce qui reste de la forêt de bruyères.

C'est là que, quelques jours après le dîner avec Mr. Joyboy, Aimée, forte d'une décision toute neuve, conduisit Dennis ; quand il aperçut les citations qui, selon la coutume des Célestes Pourpris, étaient gravées partout, il se félicita de ce que son antipathie naturelle pour l'écossais l'eût retenu d'emprunter un seul poème à Robert Burns pour faire sa cour.

Ils attendirent leur tour, et bientôt s'assirent côte à côte sur le double trône.

— Je t'aimerai toujours, mon amour, murmura Aimée.

Dans le cadre de la petite fenêtre, son visage était adorable. Ils s'embrassèrent puis descendirent gravement et passèrent à travers la file d'attente des autres couples sans les regarder.

— Vous connaissez la fin du poème ? dit Dennis. « *Nous descendrons la pente ensemble, John, mon amour, nous descendrons la main dans la main, et tout en bas nous coucherons ensemble, John Anderson, mon amour.* »

— Dennis, pourquoi est-ce que toute la poésie que vous connaissez est si grossière ? Et vous qui parlez d'être pasteur.

— ... Non-sectarien ; mais là-dessus j'ai des tendances anabaptistes. D'ailleurs tout est moral quand on est fiancé.

Il y eut un temps d'arrêt, puis Aimée reprit :

— Il faudra que j'écrive pour prévenir Mr. Joyboy et le... et quelqu'un d'autre.

Elle écrivit le soir même. Ses lettres furent distribuées au courrier du matin.

Mr. Slump s'écria :

— Envoyez-lui les conseils et la lettre de félicitations d'usage.

— Mais, Mr. Slump, elle épouse celui qu'il ne faut pas.

— Laissez tomber ce côté de la question.

A six kilomètres de là Aimée soulevait la toile sur le premier Cher Disparu de la matinée. Il lui venait de Mr. Joyboy et exprimait un tel abîme de douleur qu'elle en eut le cœur déchiré.

VIII

Mr. Slump, l'air canaille, arriva en retard.

— Encore une lettre de la belle Thanatogenos, dit-il. Je croyais qu'on en avait fini avec cette poule-là.

Cher brahmane Guru,

Je vous ai écrit il y a trois semaines que tout allait bien, que j'avais pris une décision et que j'étais heureuse, mais je suis encore malheureuse et, en un sens, plus malheureuse qu'avant. Quelquefois mon bon ami anglais est gentil avec moi et m'écrit de la poésie, mais souvent il veut des choses immorales et quand je dis : « Non, il faut attendre », il devient très cynique. Je commence à me demander si nous aurons jamais un vrai foyer américain. Il dit qu'il va être pasteur. Comme je vous l'ai dit, j'ai des idées avancées et, par conséquent, je n'ai pas de religion, mais je ne crois pas que ce soit bien d'être cynique pour la religion, car c'est quelque chose qui rend les gens heureux et, à notre stade de l'Evolution, tout le monde ne peut pas avoir des idées avancées. Il n'est pas encore devenu pasteur, il dit qu'il doit faire quelque chose d'abord ; il l'a promis à quelqu'un, mais il ne dit pas ce que c'est et je me demande quelquefois si ce n'est pas quelque chose de mal : il fait tant de mystères !

Il y a aussi ma carrière. On m'avait offert l'occasion rêvée d'améliorer ma situation et maintenant on ne m'en parle plus. Le chef de service est le monsieur dont je vous ai parlé, qui aide sa mère au ménage, et depuis que j'ai échangé des serments avec mon bon ami anglais et que je lui ai écrit pour le prévenir, il ne me parle plus, même pour le travail, comme il parle aux autres jeunes filles du service. A l'endroit où nous travaillons tout doit être heureux, c'est une des règles essentielles, et ce monsieur, qui doit donner l'exemple à tout le monde, est très malheureux, il n'est pas du tout comme on doit être ici. Quelquefois il a même l'air désagréable, ce qu'il n'avait jamais auparavant. Mon fiancé se contente de faire de mauvaises plaisanteries sur son nom. Ce qui m'ennuie aussi, c'est l'intérêt qu'il prend à mon travail. Je comprends qu'un homme s'intéresse au travail de sa bonne amie, mais il s'y intéresse trop. Je veux dire qu'il y a dans tous les métiers des détails techniques dont on n'aime pas à parler en dehors du bureau et c'est justement sur ces choses-là qu'il me pose toujours des questions...

— Et voilà les femmes. Toujours les mêmes, dit Mr. Slump. Ça leur crève le cœur de lâcher n'importe qui.

Souvent une missive attendait Aimée sur sa table de travail. Quand ils s'étaient mal quittés la veille au soir, Dennis copiait un poème avant d'aller se coucher et le déposait à la morgue en allant travailler. Il fallait que ces missives, de sa belle écriture dessinée, remplaçassent les sourires absents ; les Chers Disparus étaient désormais sur leur trolley aussi lamentables et réprobateurs que le maître.

Ce matin-là, Aimée avait encore sur le cœur la dispute de la veille quand elle trouva une page de vers qui l'attendait. Elle ne les eut pas plutôt lus qu'elle se sentit une fois de plus fondre le cœur.

Semblable aux barques de Nicée
Est ta beauté pour moi Aimée...

Déjà tout habillé, Mr. Joyboy traversa, pour

gagner la sortie, la salle des cosmétiques. Il avait le visage figé par une telle tristesse qu'il faisait pitié. Aimée eut un timide sourire d'excuse ; il fit lourdement un signe de tête en passant, alors Aimée, saisie d'une inspiration soudaine, écrivit en haut du poème : « Essayez de comprendre, Aimée », puis entra vite dans la salle d'embaumement pour déposer respectueusement la feuille de papier sur le cœur d'un cadavre qui attendait les soins de Mr. Joyboy.

Au bout d'une heure, Mr. Joyboy revint. Elle l'entendit entrer chez lui ; elle l'entendit ouvrir les robinets. Ils ne se rencontrèrent qu'à l'heure du déjeuner.

— Ce poème, dit-il, est une bien belle pensée.

— C'est mon fiancé qui l'a écrit.

— L'Anglais avec qui vous étiez mardi ?

— Oui, c'est un très éminent poète anglais.

— Vraiment ? Je ne crois pas avoir jamais rencontré d'autre poète anglais. Il ne fait que cela ?

— Il travaille pour être pasteur.

— Vraiment ? Ecoutez, Aimée, si vous avez encore d'autres poèmes de lui, j'aimerais beaucoup les voir.

— Mais, Mr. Joyboy, je ne savais pas que vous étiez de ceux qui lisent des poèmes.

— Les déceptions et le chagrin peuvent rendre les gens poétiques.

— J'en ai des tas. Je les garde ici.

— J'aimerais beaucoup les lire. Au Club de la Bonne Fourchette, hier soir, j'ai fait la connaissance d'un monsieur de Pasadena qui s'occupe de littérature. Je voudrais les lui montrer. Il pourrait peut-être faire quelque chose pour votre ami.

— Mais, Mr. Joyboy, vous êtes très chevaleresque !

Elle se tut un instant. Ils n'avaient jamais, depuis le jour de ses fiançailles, échangé autant de paroles. La noblesse de cet homme la confondit une fois de plus.

— J'espère, dit-elle timidement, que Mrs. Joyboy va bien.

— Petite Mère est un peu patraque. Il y a eu un drame. Vous vous souvenez de Sambo, le perroquet ?

— Bien sûr.

— Il a passé. Il était plutôt vieux, dans les cent ans et plus, mais sa fin a été subite et Mrs. Joyboy en est très affectée.

— Oh, je suis navrée.

— Oui, il n'y a pas de doute qu'elle est très affectée. Je ne l'ai jamais vue si abattue. J'ai pris les mesures nécessaires ce matin. C'est pour cela que je suis sorti. Il a fallu que j'aille aux Bienheureux Halliers. Les obsèques auront lieu mercredi. J'ai pensé, miss Thanatogenos, que Petite Mère, qui ne connaît pas tellement de gens par ici, aurait plaisir à voir une amie aux obsèques... C'est un oiseau qui aimait bien la compagnie quand il était jeune. Là-bas, dans l'Est, il s'amusait comme personne quand il y avait une soirée. C'est un peu triste qu'il n'y ait personne pour lui rendre les derniers devoirs.

— Mais Mr. Joyboy, j'irai bien volontiers.

— Vraiment, miss Thanatogenos ? Ah ça, c'est chic de votre part.

Et ce fut ainsi qu'Aimée finit par franchir le seuil des Bienheureux Halliers.

IX

Aimée Thanatogenos parlait la langue de Los Angeles ; les écoles et l'université du lieu lui avaient maigrement meublé l'esprit ; on s'y cognait à tous les angles. Pour se présenter au monde extérieur, elle s'habillait et se parfumait selon les injonctions des réclames ; on pouvait à peine distinguer chez elle le corps et le cerveau du produit standard, mais son âme — ah ! son âme — était une chose unique et qui venait de très loin ; cette âme n'était pas née aux entêtants vergers des Hespérides, mais à l'air pur de l'aube sur les montagnes, aux cols de l'Hellade où volent les aigles. Un cordon ombilical de cafés et de fruiteries, d'ancêtres aux métiers louches, receleurs et souteneurs, unissait Aimée, qui n'en savait rien, aux hauts lieux de sa race. A mesure qu'elle grandissait, la seule langue qu'elle connaissait répondait de moins en moins à ses besoins d'expression ; les faits qui encombraient sa mémoire perdaient de leur substance ; elle se voyait dans son miroir et ne se reconnaissait plus. La véritable Aimée finit par se retirer dans une haute et hiératique demeure.

C'est pourquoi il n'y eut qu'une part d'elle-même d'affectée quand elle découvrit que l'homme qu'elle aimait et à qui elle était liée par les serments les plus tendres était menteur et tricheur. Elle avait peut-être le cœur brisé, mais c'était un petit organe bon marché de fabrication locale. Sur un plan plus large et plus élevé, elle avait l'impression que les choses avaient été simplifiées. Sa personne même était un cadeau de valeur qu'il lui appartenait d'attribuer ; elle avait obéi à un scrupule d'équité en choisissant entre deux prétendants rivaux. Il n'y avait plus lieu d'hésiter davantage. Les accents voluptueux et tentants du « Poison de la Jungle » se virent réduits au silence.

Cependant, c'est dans la langue de son éducation américaine qu'elle adressa sa lettre finale au brahmane Guru.

***

Mr. Slump était mal rasé ; Mr. Slump avait un peu bu. « Slump se relâche, déclara le rédacteur en chef. Il ferait bien de se surveiller, ou alors il faudra le sacquer. » Sans aucun pressentiment de désastre, Mr. Slump ouvrait son courrier :

— Miséricorde, encore Thanatogenos. Que dit-elle, ma jolie ? Je n'arrive pas à lire, ce matin.

— Elle a eu une désillusion terrible, Mr. Slump. L'homme qu'elle croyait aimer s'est révélé menteur et tricheur.

— Eh bien, dites-lui d'épouser l'autre type !

— C'est ce qu'elle a l'air de vouloir faire.

Les fiançailles de Dennis et d'Aimée n'avaient jamais fait l'objet de faire-part dans aucun journal et n'avaient pas besoin d'être publiquement démenties. Les fiançailles de Mr. Joyboy et d'Aimée eurent les honneurs d'une colonne et demie dans le *Journal des Morticiens* et d'une photographie dans *Le Coffret*, tandis que l'organe de la maison : *Le Messager des Célestes Pourpris*, consacrait presque tout un numéro à leur roman. On fixa la date du mariage, qui aurait lieu à l'Eglise de l'Université. Mr. Joyboy avait été élevé dans la religion baptiste et le pasteur qui enterrait les baptistes offrit bien volontiers ses services. La directrice du magasin d'habillement découvrit pour la mariée une robe à sommeiller toute blanche.

Le Dr Kenworthy fit connaître son intention d'être présent. Les cadavres qui étaient confiés aux soins d'Aimée avaient désormais des sourires de triomphe.

Durant tout ce temps, Dennis et Aimée ne se rencontrèrent pas. La dernière fois qu'elle l'avait vu, c'était près de la tombe du perroquet, et, sans manifester aucune gêne, il lui avait cligné de l'œil au-dessus du somptueux petit cercueil. Au fond, cependant, il avait été un peu gêné et s'était dit qu'il ferait mieux de ne pas se montrer pendant un jour ou deux. Ensuite, il vit l'annonce des fiançailles.

Il n'était pas facile à Aimée de refuser de voir quelqu'un. Elle n'avait pas un train de vie qui lui permît de dire : « Je suis sortie pour Mr. Barlow », et de lui faire interdire sa porte par ses domestiques ; si le téléphone sonnait, c'était elle qui répondait. Il fallait qu'elle mangeât ; il fallait qu'elle fît ses courses. Dans l'un et l'autre cas, elle était à la merci de ces amicales rencontres, résultat d'un prétendu hasard, qui sont si fréquentes dans les relations sociales en Amérique. Un soir, peu de temps avant le jour fixé pour le mariage, Dennis la guetta, la suivit au comptoir d'un bar végétarien et s'assit sur le tabouret à côté d'elle.

— Bonsoir, Aimée, je voudrais vous parler.

— Vous ne pouvez plus rien me dire qui m'intéresse, maintenant.

— Mais, ma chère amie, vous semblez avoir oublié que nous sommes fiancés et que nous devons nous marier. Mes études théologiques avancent. Le jour approche où je vous rappellerai votre promesse.

— J'aimerais mieux mourir.

— Oui !... J'avoue que c'est une éventualité à laquelle je n'avais pas songé... Savez-vous que c'est la première fois que je mange une tarte aux légumes ? Je me suis souvent demandé ce que c'était. Ce n'est pas tellement mauvais, mais ça n'a absolument aucun goût ; c'est ce qui est révoltant... Mais si on mettait les choses au point ? Refusez-vous de reconnaître que vous avez solennellement juré de m'épouser ?

— Je suis libre de changer d'avis, non ?

— Eh bien, honnêtement, je n'en suis pas très sûr. Vous avez fait une promesse solennelle.

— C'était une escroquerie. Tous ces poèmes que vous m'avez envoyés et que vous faisiez semblant d'écrire pour moi, me paraissaient d'un homme si cultivé que j'en ai même appris par cœur des morceaux et tout avait été écrit par d'autres, et même quelquefois par des gens disparus depuis des centaines d'années. Je n'ai jamais été si mortifiée que lorsque je m'en suis aperçue.

— Ah, c'est ça qui vous embête ? Eh bien, j'affirme solennellement que ce n'est pas vrai.

— Ce n'est pas vrai que vous m'avez envoyé des poèmes de gens qui ont passé ?

— Ce n'est pas vrai que j'aie dit qu'ils fussent de moi.

— Je m'en vais tout de suite. Je ne veux rien manger.

— Ecoutez, c'est vous qui avez choisi l'endroit. Quand je vous invitais, je ne vous ai jamais offert de tarte aux légumes.

— La plupart du temps, c'est moi qui vous invitais, vous.

— Peu importe qui payait, mais on prenait toujours quelque chose de mieux que des tartes aux légumes. Vous ne pouvez pas vous en aller dans la rue en pleurant comme ça. J'ai ma voiture de l'autre côté, je vais vous déposer chez vous.

Ils sortirent et se trouvèrent sous l'éclairage au néon du boulevard.

— Voyons, Aimée, dit Dennis, ne nous disputons pas.

— Nous disputer ? Je vous déteste, vous me dégoûtez.

— La dernière fois que nous nous sommes vus, nous étions fiancés, nous devions nous marier. Il me semble que vous me devez une explication. Jusqu'ici la seule chose dont vous vous soyez plainte, c'est que je ne sois pas l'auteur d'un certain nombre des plus célèbres poèmes de la littérature anglaise. Il me semble que Popjoy non plus ?

— Vous vouliez me faire croire que vous les aviez écrits.

— Alors là, vous êtes injuste, Aimée. Je suis atterré de m'apercevoir que vous avez cru ça. C'est moi qui devrais être déçu d'avoir eu la sottise d'être amoureux de quelqu'un d'aussi ignorant que vous, d'une jeune fille à qui les trésors les plus célèbres de la littérature sont inconnus. Mais je fais la part des choses. Vous avez des standards culturels différents de ceux auxquels je suis habitué. Vous êtes sans aucun doute plus versée que moi dans les sciences et dans l'instruction civique. Mais dans le monde en train de mourir d'où je viens, la manie des citations est un vice national. Personne n'aurait l'idée de faire un discours dans un banquet sans citer un poème. Autrefois, c'était du latin ; maintenant, ce sont des vers anglais. Les députés du parti libéral, à la Chambre des Communes, citent tout le temps Shelley : les tories et les socialistes ne se lèvent pas pour se plaindre d'être déçus quand ils découvrent que ces fleurs de rhétorique ne sont pas originales. Ils préfèrent rester tranquilles et faire semblant de l'avoir toujours su.

— Je ne croirai plus jamais rien de ce que vous direz.

— Mais, nom d'un chien, qu'est-ce que vous ne croyez pas ?

— Je n'ai pas confiance en vous.

— Ah, c'est autre chose. Il y a une grosse différence entre croire quelqu'un et avoir confiance en quelqu'un.

— Oh, ne soyez pas si « raisonnable » !

— Je ne demande pas mieux.

Dennis arrêta sa voiture le long du trottoir et essaya de prendre Aimée dans ses bras. Elle lui opposa une agile et furieuse résistance. Il n'insista pas et alluma un cigare. Alors Aimée, sanglotant dans un coin, dit tout d'un coup :

— Cet affreux enterrement.

— Le perroquet Joyboy ? Oui, je crois pouvoir expliquer pourquoi Mr. Joyboy voulait absolument un cercueil ouvert. J'étais d'avis contraire, et après tout, je connais le métier. Un cercueil ouvert est parfait pour les chats ou les chiens, il leur est naturel d'être couchés. Mais ce n'est pas le cas des perroquets. Ils ont l'air ridicules la tête sur l'oreiller. Mais je me suis heurté à un mur de snobisme. Il fallait faire aux Bienheureux Halliers ce qu'on fait aux Célestes Pourpris. A moins que tout ça n'ait été un coup monté ? Je crois bien que cet affreux hypocrite l'a fait exprès : il voulait que le malheureux perroquet fût ridicule pour me rabaisser à vos yeux. D'ailleurs, qui donc vous a invitée à l'enterrement ? Est-ce que vous connaissiez le défunt perroquet ?

— Dire que tout le temps que vous sortiez avec moi vous alliez en cachette à cet horrible endroit...

— Mon petit, vous devriez, en tant qu'Américaine, être la dernière à mépriser un homme parce qu'il commence au bas de l'échelle. Je ne prétends pas avoir dans le monde des morgues un rang aussi élevé que Mr. Joyboy, mais je suis plus jeune, beaucoup plus agréable à regarder, et mes dents sont à moi. Il y a de l'avenir pour moi dans l'Eglise non-sectarienne. J'ai bon espoir d'être un jour Premier Chapelain aux Célestes Pourpris et Mr. Joyboy en sera encore à récurer des cadavres. J'ai ce qu'il faut pour faire un grand prédicateur dans le style métaphysicien du XVIIe siècle qui parle à l'intelligence plus qu'à la sensibilité élémentaire. Un genre cérémonieux, abondant, ingénieux et tout à fait dépouillé de préjugé doctrinaire. J'ai beaucoup réfléchi à mon costume, il me semble que de grandes manches...

— Oh, taisez-vous, vous m'ennuyez !

— Aimée, vous m'obligez, en qualité de futur mari et de directeur spirituel, à vous dire que vous ne devez pas parler ainsi de l'homme que vous aimez.

— Je ne vous aime pas.

— « *Les mers un jour sans eau seront* ».

— Je ne sais pas ce que cela veut dire.

— « *Et les durs rochers au soleil fondront* ». Ça, au moins, c'est clair. « *Je vous aimerai toujours* ». Impossible de ne pas comprendre ça, n'est-ce pas ? C'est exactement ce que disent les chanteurs de charme. « *Les sables de vie de vos mains fuiront, mais je vous aimerai toujours, mon amour* ». Je reconnais que le début est un peu obscur, mais le sens général est évident, si en colère soit-on. Vous n'avez pas oublié le cœur de Bruce ?

Les sanglots s'arrêtèrent net, et le silence qui suivit permit à Dennis de conclure qu'il se passait quelque chose dans la ravissante petite tête qui se profilait dans l'ombre de la voiture.

— C'est Bruce qui a écrit ce poème ? dit-elle enfin.

— Non, mais les noms se ressemblent tellement que la différence est sans importance [1].

Autre silence.

— Est-ce que Bruce, ou peu importe com-

---

1. L'auteur du poème est Robert Burns (N. d. T.)

ment il s'appelle, n'a pas prévu le moyen de se délier de son serment ?

Dennis n'avait guère fait fond sur les cérémonies de l'Eglise du Bon Vieux Temps. Il les avait rappelées à tout hasard. Naturellement, il sauta sur l'occasion :

— Ecoutez, adorable petite cruche, vous êtes dans une impasse, c'est ce qu'on appelle en Europe tenir le taureau par les cornes.

— Ramenez-moi chez moi.

— Très bien, je vais vous expliquer en route. Vous croyez que le paradis mis à part, les Célestes Pourpris sont ce qu'il y a de plus beau au monde. Je vois pourquoi. A ma manière anglaise un peu grossière, je partage votre enthousiasme. J'ai en vue un ouvrage sur le sujet mais je crains bien de ne pas pouvoir dire comme l'autre que, si vous le lisez un jour, vous comprendrez. Non, mon petit, vous n'en comprendrez pas un mot. Mais c'est à côté de la question. Quant à votre Mr. Joyboy, il incarne l'esprit des Célestes Pourpris, il représente l'unique lien entre le Dr Kenworthy et l'humanité ordinaire. Eh bien, nous sommes tous les deux obsédés par les Célestes Pourpris — « *Amoureux à demi d'une sereine mort* », comme je vous l'ai déjà dit — et pour éviter d'autres complications permettez-moi de vous dire que je n'ai pas écrit non plus ce poème.

Vous, vous êtes la Vierge et la Vestale de ces lieux, alors je me fixe sur vous et, à votre tour, vous vous fixez sur Joyboy. Les psychologues vous diront que ce sont des choses qui arrivent tous les jours.

» Il se peut que d'après les canons du Visionnaire j'aie certains défauts. Et dans son cercueil le perroquet était un affreux spectacle. Et alors ? Vous m'aimiez et vous avez juré selon le serment le plus sacré des Célestes Pourpris de m'aimer éternellement. Voilà votre dilemme, votre impasse. Ce qui est sacré est indivisible. Si m'embrasser dans le cœur de Burns ou de Bruce n'a rien de sacré, coucher avec le vieux Joyboy n'a rien de sacré non plus.

Encore une fois, silence. Dennis avait fait beaucoup plus d'impression qu'il n'espérait.

— Vous voilà arrivée, dit-il enfin, en s'arrêtant devant l'immeuble d'Aimée. Il se rendait compte que ce n'était pas le moment d'être tendre.

— Descendez.

Aimée resta un instant sans bouger ni rien dire. Puis elle murmura :

— Vous pourriez me rendre ma parole.

— Ah, mais je ne veux pas !

— Même maintenant que vous savez que je vous ai tout à fait oublié ?

— Mais vous ne m'avez pas oublié.

— Si, quand je tourne la tête, je ne me souviens même pas de votre figure. Quand vous n'êtes pas là, je ne pense jamais à vous.

***

Livrée à elle-même dans la cellule de ciment qu'elle appelait son appartement, Aimée succomba à tous les démons de l'incertitude. Elle ouvrit sa radio ; une aveugle tempête de passion germanique s'empara d'elle et l'emporta jusqu'aux bords des abîmes de la folie, puis s'arrêta net.

Cette émission vous est offerte par les Pêches Sans Noyau Kaiser. N'oubliez pas que c'est la seule pêche parfaite et sans noyau qui existe sur le marché. Quand vous achetez une Pêche Sans Noyau Kaiser vous achetez un poids net de succulente pulpe de pêche et rien d'autre.

Elle allongea la main vers le téléphone et composa le numéro de Mr. Joyboy.

— Venez, je vous en prie, venez, je me fais tant de souci.

L'écouteur laissait échapper un bruit confus de voix qui à la fois étaient humaines et ne l'étaient pas, et une petite voix calme s'élevait du tumulte :

— Parlez plus fort, ma douce, je n'entends pas bien.

— Je suis trop malheureuse.

— Ce n'est pas bien facile de vous entendre, ma douce. Petite Mère a un nouveau perroquet et elle essaie de le faire parler. Nous ferions peut-être mieux d'attendre à demain pour causer.

— Je vous en prie, mon chéri, venez tout de suite, est-ce que vous ne pouvez pas ?

— Mais, ma douce, je ne peux pas quitter Petite Mère juste le jour où son nouveau perroquet vient d'arriver, voyons. Elle serait froissée. C'est un grand jour pour Petite Mère, ma douce. Il faut que je reste avec elle.

— Il s'agit de notre mariage.

— Mais bien sûr, ma douce, je m'en doutais un peu. Il y a des tas de petits problèmes qui se posent. Mais demain matin tout ira mieux. Dormez bien, ma douce.

— Il faut que je vous voie.

— Ecoutez, ma douce, ne discutez pas. Faites tout de suite ce que dit Poppa ou vous allez le fâcher pour de bon.

Elle raccrocha et recourut une fois de plus au grand opéra ; les vagues de musique l'emportèrent et l'anéantirent. C'était trop. Dans le silence qui suivit, son cerveau se ranima un peu. Encore le téléphone. Le journal local.

— Je voudrais parler au brahmane Guru.

— Mais il ne travaille pas le soir, je suis désolée.

— C'est très important. Pourriez-vous me donner son numéro personnel ?

— Ils sont deux. Lequel voulez-vous ?

— Deux ? Je ne savais pas. Je veux celui qui répond aux lettres.

— C'est Mr. Slump, mais d'ici après-demain, il ne va plus travailler ici et d'ailleurs il ne sera pas chez lui à cette heure-ci. Essayez le café Mooney. C'est là que les rédacteurs vont le soir.

— Et son vrai nom c'est Slump ?

— C'est lui qui le dit, ma petite dame.

Mr. Slump avait été le jour même renvoyé du journal. C'était un événement auquel tout le monde au bureau s'attendait, sauf l'intéressé, qui était allé crier à la trahison dans un certain nombre de bars où il n'avait rencontré aucune sympathie.

Le barman lui dit :

— On vous demande au téléphone, Mr. Slump. Vous êtes là ?

Dans l'état d'esprit où se trouvait momentanément Mr. Slump il lui sembla probable que ce devait être son directeur repentant. Il allongea la main sur le comptoir pour atteindre l'appareil.

— Mr. Slump.

— C'est moi.

— Ah, je vous trouve tout de même ! C'est Aimée Thanatogenos. Vous vous souvenez de moi ?

C'était un nom dont on se souvient.

— Certainement, dit au bout d'un instant Mr. Slump.

— Mr. Slump, je suis très malheureuse. Il faut me donner un conseil. Vous vous souvenez de l'Anglais dont je vous ai parlé ?

Mr. Slump appliqua l'appareil sur l'oreille de son voisin, grimaça un sourire, haussa les épaules et finit par reposer l'écouteur sur le comptoir ; il alluma une cigarette, but son verre, en commanda un autre. De tout petits murmures inquiets s'échappaient contre la surface du bois. Ensuite le bruit cessa d'être régulier et fit place à de petits appels spasmodiques. Mr. Slump reprit l'écouteur.

— Allô... Mr. Slump... Vous m'écoutez ?... Vous m'entendez ?... Allô...

— Alors qu'est-ce qu'il y a, ma petite dame ?

— Vous avez entendu ce que je vous ai dit ?

— Oui, j'ai très bien entendu.

— Alors qu'est-ce qu'il faut faire ?

— Ce qu'il faut faire ? Eh bien, je vais vous dire ce qu'il faut faire. Il faut prendre l'ascenseur jusqu'au vingtième étage, trouver une fenêtre commode et puis sauter. Voilà ce qu'il faut faire.

Il y eut au bout du fil un petit sanglot de surprise, puis un très calme : « Merci ».

— J'y ai dit de faire le grand saut.

— On a entendu.

— J'ai bien fait, hein ?

— Ça te regarde, mon vieux.

— Mais, nom de Dieu, avec un nom comme ça !

***

Il y avait dans la salle de bains d'Aimée, parmi les instruments et les produits chimiques qui sont la base du bien-être féminin, le tube de barbituriques qui est la base du repos féminin. Aimée avala sa dose habituelle et se coucha pour attendre le sommeil. Il survint enfin, sans ménagement, courtoisie ni douceur. Aucun flot de délices ne vint toucher, soulever, délivrer et remettre à flot l'esprit qui avait fait naufrage. A neuf heures quarante elle était éveillée et dans l'angoisse, tendue et contractée, les tempes douloureuses ; elle sentit ses yeux se remplir de larmes, bâilla ; et tout d'un coup elle se trouva de nouveau éveillée ; il était cinq heures vingt-cinq du matin.

Il faisait encore nuit ; sous le ciel sans

étoiles flambaient les lumières dans les rues vides. Aimée se leva, s'habilla et sortit sous les lampes à arc. Elle ne rencontra personne sur le court chemin qui séparait son appartement des Célestes Pourpris. Les Portes d'Or étaient fermées à partir de minuit jusqu'au matin, mais il y avait sur le côté une porte toujours ouverte pour l'équipe de nuit. Aimée entra et prit le chemin familier qui menait à la terrasse de l'Eglise du Bon Vieux Temps. Elle s'assit pour attendre l'aube.

Elle avait l'esprit délivré de toute angoisse. Comment, où avait-elle, pendant ces noires heures de vide, trouvé aide et conseil ? Elle était peut-être entrée en communion avec les esprits de ses ancêtres, avec cette race impie d'hommes traqués qui avaient abandonné les autels des anciens dieux, qui s'étaient embarqués pour un éternel vagabondage, poursuivis par Dieu sait quelles furies dans des rues misérables et parmi des langues barbares. Son père fréquentait le Temple des Quatre Evangiles ; sa mère buvait. Des voix de l'Attique soufflaient à Aimée la promesse de plus hautes destinées ; des voix qui dans un lointain pays et dans un autre âge avaient chanté le Minotaure piétinant dans le souterrain au fond du labyrinthe ; qui plus doucement encore lui disaient les eaux calmes au rivage de Béotie, le matin sans un souffle d'air, le silence des hommes en armes, la flotte immobile à l'ancrage, et Agamemnon qui détournait les yeux ; qui lui disaient Alceste et la fière Antigone.

L'Orient s'éclaircit. De toute la révolution du jour, seules les premières et fraîches heures sont pures du contact de l'homme. On reste tard au lit dans ce pays-là. Aimée, transportée, regarda les innombrables statues touchées de lueurs blanchir et prendre forme, et les pelouses passer de l'argent au gris puis au vert. La chaleur l'atteignit. Puis tout d'un coup, tout autour d'elle, et aussi loin que portait la vue, les pentes se changèrent en une dansante surface de lumière, faite de milliers de minuscules arcs-en-ciel et semée de feux ; au poste central l'employé de service avait ouvert les canaux d'irrigation et l'eau envahissait le réseau de tuyauterie souterraine. En même temps des groupes de jardiniers avec leurs outils et leurs brouettes commençaient à sortir pour se rendre à leurs diverses besognes. Il faisait plein jour.

Aimée descendit rapidement la route sablée qui menait à l'entrée de la morgue. Dans la salle d'entrée l'équipe de nuit buvait le café. On la regarda machinalement passer sans rien dire, car il y avait à toute heure du travail urgent à faire. Elle prit l'ascenseur jusqu'au dernier étage ; tout y était silencieux et vide ; il n'y avait que les morts sous leurs draps. Elle savait ce qu'elle voulait et où le trouver; c'était une bouteille bleue à large col et une seringue à piqûres sous-cutanées. Elle ne composa aucune lettre d'adieu ni d'excuse. Elle était déjà loin de toutes les coutumes sociales et de toutes les obligations humaines. Les protagonistes, Dennis et Mr. Joyboy, étaient tout à fait oubliés. Tout se passait entre elle-même et la divinité qu'elle servait.

C'est tout à fait sans intention qu'elle choisit le laboratoire de Mr. Joyboy pour se faire la piqûre.

X

Mr. Schultz avait enfin trouvé un jeune homme pour remplacer Dennis et celui-ci passait sa dernière semaine aux Bienheureux Halliers à le mettre au courant. C'était un jeune homme capable que le prix des choses intéressait beaucoup.

— Il n'a pas votre personnalité, dit Mr. Schultz. Il n'aura pas le charme que vous aviez, mais je crois qu'il vaudra quand même le prix qu'on le paie.

Le jour de la mort d'Aimée, Dennis avait donné à nettoyer à son élève le foyer du crématoire et s'absorbait dans les cours par correspondance de prédication auxquels il était maintenant abonné, lorsque la porte du bureau s'ouvrit et qu'il eut la surprise de voir paraître une vague connaissance et un rival en la personne de Mr. Joyboy.

— Mr. Joyboy, dit-il, déjà un autre perroquet ? Ce n'est pas possible.

Mr. Joyboy s'assit. Il avait une mine affreuse. Quand il vit qu'il n'y avait personne, il se mit à larmoyer.

— C'est Aimée, dit-il.

Dennis fit de l'ironie :

— Ce n'est pas pour son enterrement que vous venez ?

Sur quoi Mr. Joyboy s'écria avec une fureur soudaine :

— Vous le saviez. Je suis sûr que c'est vous qui l'avez tuée. Vous avez tué ma douce.

— Joyboy, vous parlez comme un fou.

— Elle est morte.

— Ma fiancée ?

— C'était la mienne.

— Joyboy, ce n'est pas le moment de se quereller. Qu'est-ce qui vous fait croire qu'elle est morte ? Elle se portait parfaitement bien hier soir à l'heure du dîner.

— Elle est sous un drap dans mon laboratoire.

— Evidemment, c'est ce que vos journaux appellent une information de fait. Vous êtes sûr que c'est elle ?

— Naturellement j'en suis sûr. Elle a été empoisonnée.

— Ah, c'est la tarte aux légumes ?

— Du cyanure. Elle l'a pris elle-même.

— Voilà qui demande réflexion, Joyboy.

Il se tut un instant.

— J'aimais cette jeune fille.

— C'est moi qui l'aimais.

— Ah, s'il vous plaît, n'insistez pas.

— C'était ma douce.

— Je vous prie de ne pas faire intervenir ces expressions tendres et déplacées dans ce qui devrait être une discussion sérieuse. Qu'est-ce que vous avez fait ?

— Je l'ai examinée, puis je l'ai recouverte. Nous avons une grande glacière dont nous nous servons quelquefois quand le travail n'est pas terminé. Je l'ai mise dedans.

Sur quoi il éclata en un torrent de larmes.

— Pourquoi êtes-vous venu me trouver ?

Mr. Joyboy émit un grognement.

— Je ne vous entends pas, dit Dennis.

— M'aider, dit Mr. Joyboy. C'est votre faute. Il faut que vous fassiez quelque chose.

— Ce n'est pas le moment de récriminer, Joyboy. Permettez-moi de vous faire remarquer que c'est vous qui êtes publiquement fiancé avec elle. Une certaine émotion est naturelle dans ces circonstances, mais n'allez pas aux extrêmes. Je l'ai naturellement toujours crue un peu déséquilibrée. Pas vous ?

— C'était ma...

— Ne dites pas ça, Joyboy. Ne dites pas ça ou je vous flanque dehors.

Mr. Joyboy se remit à pleurer sans retenue. L'apprenti ouvrit la porte et demeura un instant sur le seuil, un peu embarrassé par le spectacle.

— Entrez, dit Dennis. Nous avons ici un client qui vient de perdre une petite bête. Il faudra dans votre nouveau métier vous habituer aux manifestations de la douleur. Qu'est-ce que vous vouliez ?

— Seulement dire que le four à gaz marche bien de nouveau.

— Parfait. Eh bien, maintenant allez nettoyer la camionnette. Joyboy, reprit-il quand ils se retrouvèrent seuls, je vous prie de vous tenir un peu et de me dire clairement ce que vous avez dans l'esprit. Jusqu'ici tout ce que je comprends m'a l'air d'une litanie familiale de mamans et de papas.

Mr. Joyboy varia ses murmures.

— Je crois comprendre que ça c'était le Dr Kenworthy. C'est bien ça que vous voulez dire ?

Mr. Joyboy avala sa salive.

— Le Dr Kenworthy est au courant ?

Mr. Joyboy gémit.

— Il n'est pas au courant ?

Mr. Joyboy avala sa salive.

— Vous voulez que je lui apprenne la nouvelle ?

(Gémissement.)

— Vous voulez que je vous aide à la lui cacher ?

(Hoquet.)

— Dites donc, c'est exactement comme les tables tournantes.

— La ruine, dit Mr. Joyboy. Petite Mère.

— Vous vous dites que cela nuira à votre carrière si le Dr Kenworthy apprend que vous avez dans la glacière le cadavre empoisonné de votre fiancée ? Il faut éviter cela pour l'amour de votre mère ? Vous me proposez de vous aider à faire disparaître le corps ?

Encore un hoquet, puis un torrent de mots :

— Il faut que vous m'aidiez... C'est votre faute..., une bonne petite fille américaine..., des poésies truquées..., l'amour..., Petite Mère..., ma douce..., il faut m'aider..., il faut..., il faut...

— Je n'aime pas du tout vous entendre répéter : « Il faut », Joyboy. Rappelez-vous ce que la reine Elizabeth disait à son archevêque — par parenthèse essentiellement non-sectarien : « Petit homme, petit homme, *il faut* n'est pas un mot à dire aux princes. » Si je vous aide ce sera en toute liberté et pour les raisons les plus élevées. Voyons, n'y a-t-il que vous qui pénétriez dans cette glacière ? (Gémissement.) Bon, alors allez-vous-en, Joyboy. Retournez travailler. Je vais réfléchir à la question. Revenez me voir après déjeuner.

Mr. Joyboy s'en alla. Dennis entendit partir la voiture. Alors il s'en fut tout seul dans le cimetière des chiens se livrer à ses propres pensées, qui n'étaient pas choses à partager avec Mr. Joyboy.

Un visiteur, jadis familier, le tira de sa songerie. Il ne faisait pas chaud et sir Ambrose Abercrombie portait un vêtement de tweed, une cape et une casquette de rabatteur, travesti sous lequel il avait maintes fois incarné le gentilhomme campagnard anglais. Il avait à la main une houlette de berger.

— Ah, Barlow, dit-il, toujours au boulot ?

— C'est plutôt calme ce matin. J'espère que ce n'est pas un deuil qui vous amène ?

— Oh non, pas du tout. Je n'ai jamais eu de chien ici. Ça me manque, je vous assure. J'ai été élevé au milieu de chiens et de chevaux. Je suppose que vous aussi, alors vous me comprendrez si je vous dis qu'ici ce n'est pas un endroit pour eux. Naturellement, c'est un pays merveilleux, les gens sont magnifiques, mais quand on aime vraiment les chiens, on ne peut pas les amener ici.

Il s'interrompit pour regarder avec curiosité autour de lui les modestes tombes.

— C'est gentil cet endroit. Je suis désolé de voir que vous le quittez.

— Vous avez reçu une de mes cartes ?

— Oui, je l'ai sur moi. Au début j'ai cru que c'était une mauvaise plaisanterie. C'est authentique, n'est-ce pas ?

Il sortit des profondeurs de son plaid une carte imprimée qu'il tendit à Dennis. On y lisait :

Le chef d'escadrille Révérend Dennis Barlow a l'honneur de vous informer qu'il ouvrira sous peu ses bureaux 1154 Arbuckle Avenue, Los Angeles. Tous offices non-sectariens célébrés à des prix défiant toute concurrence. Spécialité d'enterrements. Panégyriques en prose ou en vers. Confessions dans le secret le plus absolu.

— Oui, c'est tout à fait authentique, répondit Dennis.

— C'est bien ce que je craignais.

Nouveau silence. Dennis reprit :

— Vous savez, les cartes ont été envoyées par une agence. Je ne pensais pas que ça vous intéressait particulièrement.

— Mais si, ça m'intéresse particulièrement. N'y a-t-il pas un endroit où nous pourrions causer ?

Tout en se demandant s'il allait avoir pour premier pénitent sir Ambrose, Dennis le fit entrer. Les deux Anglais s'assirent dans le bureau. L'apprenti passa la tête dans la porte pour dire que la camionnette était prête. A la fin, sir Ambrose se décida :

— Ça ne peut pas marcher, Barlow. Il faut que vous permettiez au vieil homme que je suis de parler carrément. Ça ne peut pas marcher. Après tout, vous êtes Anglais. Les gens sont magnifiques ici, mais vous les connaissez. Même chez les meilleurs on trouve des salauds. Vous connaissez aussi bien que moi la situation internationale. Il y a toujours des hommes politiques et des journalistes à l'affût d'une occasion de démolir notre Vieux Pays. Faire une chose comme ça, c'est faire leur jeu. Quand vous vous êtes mis à travailler ici, ça ne m'a pas plu. Je vous l'ai dit carrément à l'époque. Mais c'était tout de même une entreprise plus ou moins privée. Mais la religion, c'est tout autre chose. Je suppose que vous avez dans l'idée ces charmants presbytères de campagne comme nous en avons chez nous. La religion, ici, ce n'est pas ça. Vous pouvez me croire, je connais le pays.

— C'est curieux de vous entendre parler ainsi, sir Ambrose. Un de mes objectifs principaux était d'améliorer ma situation sociale.

— Alors laissez tomber, mon petit, avant qu'il soit trop tard.

Sir Ambrose s'étendit longuement sur la crise industrielle en Angleterre, le manque d'hommes jeunes et de dollars et le dévouement avec lequel le monde du cinéma gardait le pavillon haut.

— Retournez en Angleterre, mon petit. C'est là votre place.

— Le fait est, répondit Dennis, que bien des choses ont changé pour moi depuis que ce faire-part a été rédigé. Ma vocation s'est affaiblie.

— Parfait, dit sir Ambrose.

— Mais il y a quelques difficultés d'ordre pratique. J'ai investi toutes mes petites économies dans mes études de théologie.

— C'est un peu ce que j'avais prévu. Voilà pourquoi le Cricket-Club est utile. J'espère que nous ne verrons jamais le jour où nous serions incapables d'aider un compatriote ,dans l'embarras. Le Comité s'est réuni hier soir et on a parlé de vous. Tout le monde a été d'accord. En un mot, mon petit, nous vous offrons votre voyage de retour.

— En première ?

— En classe touriste. Il paraît que c'est très confortable. Qu'est-ce que vous en dites ?

— Et pas de compartiment-salon dans le train ?

— Pas de compartiment-salon.

— Eh bien, dit Dennis, j'imagine que si j'étais devenu ecclésiastique il m'aurait fallu me résigner à un peu d'austérité.

— Bien dit, bravo. Et sir Ambrose ajouta : J'ai le chèque sur moi, nous l'avons signé hier soir.

Quelques heures plus tard. Mr. Joyboy était de retour.

— Etes-vous redevenu maître de vous ? Asseyez-vous et écoutez-moi attentivement. Vous avez deux problèmes à résoudre, Joyboy, et permettez-moi d'insister sur le fait que ce sont vos problèmes à vous. Moi, ils ne me concernent nullement. J'abandonne tous mes droits sur la jeune fille. C'est vous qui êtes en possession du cadavre de votre fiancée à vous et c'est votre carrière à vous qui est menacée. Vous êtes très connu dans votre profession et vous ne parviendriez jamais à surmonter le scandale. Vous devez donc résoudre deux problèmes : Premièrement, vous débarrasser du corps et expliquer la disparition. Vous êtes venu me trouver pour que je vous aide et le hasard veut que ce soit moi, et moi seul, qui puisse vous aider. J'ai à ma disposition ici un excellent crématoire. Nous ne faisons pas d'histoires aux Bienheureux Halliers. Il n'y a pas de formalités. Si j'arrive ici avec un cercueil et que je dise : « Mr. Schultz, j'ai là un mouton à incinérer », Mr. Schultz me répondra : « Allez-y. » A un certain moment vous avez eu tendance à mépriser notre absence de cérémonial. Vous avez peut-être maintenant un autre sentiment. Il nous suffit d'aller chercher notre Chère Disparue et de l'amener ici. Ce soir, après la fermeture des bureaux, ce sera le bon moment.

» Deuxièmement, expliquer la disparition. Miss Thanatogenos n'avait que peu de relations et pas de parents. Elle disparaît à la veille de son mariage. On sait que je l'ai, à un certain moment, honorée de mes sollicitations. Que son bon goût naturel l'ait emporté à la dernière minute et qu'elle se soit fait enlever par son premier amoureux, quoi de plus naturel ? Il est seulement nécessaire que je disparaisse en même temps. Personne, en Californie du Sud, ne s'inquiète, vous le savez, de ce qui se passe de l'autre côté des montagnes. Peut-être elle et moi serons-nous quelque temps un objet de blâme : on nous déclarera immoraux. Peut-être aussi aurez-vous à subir une commisération un peu déplaisante, mais les choses en resteront là.

» Il y a déjà quelque temps que l'air de Los Angeles m'étouffe ; il n'est pas poétique ; j'ai un travail à faire et ce n'est pas l'endroit qui convient. Il n'y avait que notre jeune amie qui me retenait ici — elle, et le manque d'argent. Et à propos d'argent, Joyboy, je pense que vous avez de belles économies ?

— J'ai une assurance.

— Qu'est-ce que vous pouvez emprunter dessus ? Cinq mille dollars ?

— Oh ! non, rien d'approchant.

— Deux mille ?

— Non.

— Alors combien ?

— Peut-être cinq cents.

— Prenez-les, Joyboy. Nous aurons besoin du tout et encaissez-moi ce chèque par la même occasion. Le tout ensemble suffira. Ça vous paraîtra peut-être sentimental, mais je désire quitter les Etats-Unis comme j'y suis arrivé. Il ne faut pas que l'hospitalité des Célestes Pourpris soit inférieure à celle des studios Megalopolitan. Quand vous sortirez de la banque allez à l'Agence de Voyages me prendre un billet pour l'Angleterre. Compartiment-salon jusqu'à New York et cabine de luxe avec salle de bains sur un paquebot de la Cunard ensuite. Il me faudra de l'argent pour les petites dépenses. Alors, avec les billets, rapportez-moi ce qui restera. C'est bien compris ? Parfait. Je serai à votre morgue avec la camionnette juste après dîner.

Mr. Joyboy attendait Dennis à la petite

entrée de la morgue. Les Célestes Pourpris étaient admirablement aménagés pour le transport facile des corps. Sur un trolley rapide et silencieux ils déposèrent le plus grand coffre de Dennis, vide d'abord, ensuite plein. Ils retournèrent en voiture aux Bienheureux Halliers, où les choses étaient moins perfectionnées mais où ils parvinrent néanmoins à eux deux à transporter sans trop de difficultés leur chargement. Dennis ouvrit le gaz et l'alluma. Des flammes jaillirent de toutes les parois du four de brique. Il referma la porte de fer.

— Je compte qu'elle va prendre une heure et demie, dit-il. Vous avez envie de rester ?

— Ça me rend malade de me dire qu'elle s'en va comme ça. Elle aimait tant les choses bien faites...

— J'avais bien pensé à officier. Le premier et le dernier service que j'aurais célébré.

— Ça, je ne pourrais pas le supporter, dit Mr. Joyboy.

— Bon. Alors je vais réciter à la place un petit poème que j'ai écrit à cette occasion :

Semblable aux barques de Nicée
Fut ta beauté pour moi, Aimée...

— Ah non, pas ça, c'est le poème truqué.

— S'il vous plaît, Joyboy, n'oubliez pas où vous êtes.

Semblable aux barques de Nicée
Qui le voyageur épuisé
Aux rivages de sa patrie
Au temps jadis ramenaient
Par-delà les mers parfumées

— Ça s'applique parfaitement, n'est-ce pas ?

Mais Mr. Joyboy avait quitté le bâtiment. Le feu ronflait dans le four de brique. Dennis était obligé d'attendre que tout fût consumé. Il serait obligé de ratisser les cendres rougeoyantes et peut-être d'écraser le crâne et le bassin pour en disperser les fragments. Dans l'intervalle, il rentra dans le bureau pour porter une note sur le registre prévu pour cela.

Le lendemain, et ensuite à chaque anniversaire, aussi longtemps que dureraient les Bienheureux Halliers, Mr. Joyboy recevrait une carte postale : *Votre petite Aimée pense à vous ce soir au ciel en remuant la queue...*

Semblable aux barques de Nicée

reprit-il

Qui le voyageur épuisé
Aux rivages de sa patrie
Au temps jadis ramenaient
Par-delà les mers parfumées...

Durant cette dernière soirée de Los Angeles, Dennis comprit qu'il bénéficiait d'une chance singulière. Le Strand était couvert de débris et d'ossements. Il y apportait sa pierre ; il y apportait quelque chose qui l'avait bien souvent gêné, son cœur et sa jeunesse. A la place d'une charge d'expérience informe et encombrante, il rapportait son fardeau d'artiste ; il le rapportait chez lui, aux anciens et sombres rivages de sa patrie ; il y travaillerait dur et longtemps, Dieu sait combien de temps ! C'était l'illumination à quoi la vie ne suffit pas toujours.

Il reprit le roman que miss Poski avait laissé sur son bureau et s'installa pour attendre que fût achevée la combustion dernière de sa chère disparue.

ACHEVÉ D'IMPRIMER SUR LES PRESSES
DE COX & WYMAN LTD. (ANGLETERRE)

Dépôt légal : 2e trimestre 1981
N^{o} d'édition : 1275
Nouveau tirage : juin 1994
Imprimé en Angleterre